中国农业大学就业榜样系列丛书

想把我讲给你听

中国农业大学就业创业办公室　组编

中国农业大学出版社

·北京·

内容简介

本书讲述了中国农业大学毕业生在多渠道就业过程中的经历、经验和感悟，充分展示了他们对人生规划的思考和奋发向上的拼搏精神，旨在为在校生的职业生涯规划予以启迪和帮助，增加社会公众对农科院校就业创业情况的认知。

图书在版编目(CIP)数据

想把我讲给你听. Ⅰ / 中国农业大学就业创业办公室组编. —北京：中国农业大学出版社，2019.4

（中国农业大学就业榜样系列丛书）

ISBN 978-7-5655-2166-9

Ⅰ.①想… Ⅱ.①中… Ⅲ.①故事-作品集-中国-当代 Ⅳ.①I247.81

中国版本图书馆 CIP 数据核字（2018）第 302166 号

书　　名　想把我讲给你听　Ⅰ

作　　者　中国农业大学就业创业办公室　组编

策划编辑　童　云　　**责任编辑**　何志勇

封面设计　邹诗筱

出版发行　中国农业大学出版社

社　　址　北京市海淀区学清路甲 38 号　　**邮政编码**　100193

电　　话　发行部 010-62818525，8625　　读者服务部 010-62732336

编辑部 010-62732617，2618　　出　版　部 010-62733440

网　　址　http://www.caupress.cn　　**E-mail**　cbsszs@cau.edu.cn

经　　销　新华书店

印　　刷　涿州市星河印刷有限公司

版　　次　2019 年 4 月第 1 版　　2019 年 4 月第 1 次印刷

规　　格　787×1 092　　16 开本　　12 印张　　165 千字

定　　价　46.00 元

中国农业大学就业榜样系列丛书

编委会

本书编写人员

吴斯妍　苗永清　张赛梅

（以下按姓氏拼音为序）

曹华春　陈代涛　丁　倩　傅景泉　江海洋

蒋　振　李　浩　李　岩　苏允政　孙　伟

王朝霞　闫华玉　尹长林

前　言

新闻里的毕业季，充满了鲜花、聚餐和合影，仿佛每一天都在上演浪漫又伤感的离别故事，在这座校园里所有奋斗的日夜、邂逅的美好、经历的挫折都在这个特殊的季节里不断地渲染，让人产生“想把我讲给你听”的冲动。

是的，大学校园之所以让人心神向往，不仅是因为她供给了知识，更因为她承载了梦想。在这个不断尝试的过程中，人们开始发现自我，并最终坚定了信念，确定了目标和理想，从学业的积累，到职业的选择，再到事业的创立，也许一路荆棘密布，也许转角又见惊喜，这期间的故事，谁说不精彩呢？

在中国农业大学2018届的毕业生里，有坚守“服务‘三农’”的初心，不断通过社会实践了解乡村，最后选择继续攻读精准扶贫—乡村振兴专项研究生的代灵知；有在大学时光里踏上了青藏高原、发表过中英文文章，最后放弃清华大学直博机会前往美国求学，希望学成回国能更好地报效祖国的逄金吉；有时刻心系家乡发展，坚定“解民生之多艰”的信仰，最后选择回到新疆基层干实事的赵天晨……他们中的一些人，曾经因为成绩而迷茫，曾经为了就业方向而焦虑，但最终都做出了让自己问心无愧的选择。这些故事经主人公娓娓道来，文字真诚又质朴。他们的成长路径不一，不知会是哪天的活动或哪一句话深刻地影响了他们的轨迹，精彩又令人回味。翻阅这些故事，仿佛能看到同样走过这段历程的自己，却又领略到了不一样的人生。

编写这本故事集，不仅希望在校生能通过“前辈们”的奋斗史，总结经验，选择最适合自己发展的道路，也希望能通过这些故事，向社会传递农大学子勇担天下饱暖安康的精神和决心。

我们在编写的过程中，已经尽量呈现我们的良好愿景，但与实际呈现难免存在一定的差距，敬请各位校友和各界读者批评指正。

谨以此书与所有在追逐梦想的道路上努力拼搏的学子们共勉！

目 录

信　念

青年要立志做大事。

与你话初心，砥砺共前行

代灵知

代灵知，女，云南宣威人，中国农业大学农学院农学专业 2018 届本科毕业生。在校期间担任专业班副班长，中国乡村振兴青年菁英班秘书，毕业后拟攻读中国农业大学硕士研究生（精准扶贫—乡村振兴专项）。虽然外面的世界很喧嚣，却始终相信自己拥有主动关上门独立思考的勇气。在喜欢的专业里，可以不断地实现自我突破。

是的，学农不只是情怀，也是实现自我价值的一个平台。

或许某天，你在图书馆一个临窗的角落，安静地翻开书页，指尖划过一行行文字，你认真的样子想必很美。而今天，我想跟你分享我的故事，把我说给你听。

校园里的合欢花半月前就已悉数绽放，还没等它们凋谢，我们就要说离开了。其实不是离开，只是走向下一个路口，在路口转角处会遇见什么样的风景呢？我很期待。大学四年里有好几次都走到了分岔路口，也曾站在路口迷茫纠结，也曾怀疑过自己的选择是否正确。但是现在，可以自豪地说：我没有后悔过，因为初心未变。

因为服务“三农”的初心，我走进了中国农业大学农学院，申请了学硕转专硕，选择了精准扶贫——乡村振兴专项。之所以选择这个专项，是因为三段式的培养模式可以到生产一线开展调研与设计试验，增强对国情、民情的了解。可以与黑土麦田扶贫创客在基层脚踏实地为当地农村发展做一些实实在在的努力，我想这对提高自己的理论联系实际能力、沟通交往能力、独立思考能力等都大有助益。用两年的时间去探索另一种可能，用两年时间以中国乡村为基点书写点滴，真正将论文写在祖国的大地上，真正践行“解民生之多艰”的训言。有人说，“自己选择的路，跪着也要走下去”，这碗“毒鸡汤”我默默干了。自己选择的路虽然会走得很累，但希望自己可以笑着走下去。

我的家乡在彩云之南，美丽的外衣遮蔽了她工农业落后的面貌。四年前我不顾父母的反对，毅然报考了中国农业大学，因为家里从事农业生产，父母亲人深知其艰辛，非常反对，最后我做出了妥协——专业填报资源与环境。之后我怀揣着“服务‘三农’”的决心一个人从家乡来到北京，走进了中国农业大学的校门，从资环学院申请转入农学院的那一刻起我知道我离自己的理想更近了。我一直把关注农民群体作为自己的使命，因为农民需要的不仅是物质生活方面的改善，他们同样需要社会对农民这一职业的认可，或者说他们需要社会给予他们更多的尊重。我希望有一天农民可以不再是贫穷落后的代名词，而是受到社会普遍尊重与认可的高尚职业。同样，我也知道，空谈误国，实干兴邦，仅仅怀抱着“服务‘三农’”的激情是远远不够的，还必须要脚踏实地去努力实践。

因为对农学专业课怀揣着浓厚的学习兴趣，所以我在课堂上认真接受老师播撒的知识，积极与老师、同学沟通互动。大学三年级有了新的专业班，有了一群对学习与生活都充满了激情的同学。在严肃与活泼、高雅与质朴之间收放自如的老师是我追逐的榜样；热情好学的同伴则是互相切磋、互相欣赏的易得资源，我很喜欢这样的学习氛围。尽管先后获得省级优秀学子奖学金（四年）、超大奖学金、垦丰奖学金、学习优秀奖学金，但是抛开学习成绩来说，系统地学习理论知识与解决一些实际需要的问题上仍然难以完美地契合起来，往往是自以为高分就是所得知识量的反映，甚至会以这样的思想来麻痹自己，直到真正运用时才会感叹纸上得来终觉浅。真正学到的知识不仅仅是追求思想上的一个简单认知，而是真正深层次地去分析去挖掘背后的运用价值，或吸收或摒弃。我想只有拥有对生活的热情、对科研的热爱才能达到这样的境界吧。

生活中，我努力地去接受、去改变自己的不完美。每天多点微笑，和好朋友一起分享喜乐。自认为我的性格比较活泼开朗，抗压能力较强。喜欢探索有挑战性的新事物，也具有较强的责任感，踏实肯干，对新事物的学习接受能力和环境调整适应能力也较强，比较善于自我督导，自我反思。同时，对待工作认真负责，具有较强的协调沟通能力和组织能力。时间在不经意间从指缝中又溜走了许多，剩下的是经过时间涤荡的认知与心态的改变。曾经不屑于分数，不屑于绩点，认为上大学就应该读自己喜欢的书，做自己喜欢的事儿，自己的坚持无关他人。而现实却在慢慢告诉你，生存的法则从不会对谁例外，囿于自我只会使眼界越来越狭隘，处理好任性与个性、感性与理性之间的微妙关系真不是一件简单的事儿。

大学四年级的时候，面对考研的压力，我选择了中国乡村振兴青年菁英班，这是一个很正确的决定。在农业领域创业是我的理想，我希望农业产业兴旺带动乡村振兴成为现实。可以聆听菁英班大佬们的教诲是一件很荣幸的事情，与数位农企领军人物沟通交流的感觉如沐春风。同期我还参加了农学院精准扶贫系列讲座的学习。尽管曾成功带领团队为湖南的一个大米品牌进行营销策划，尽管参与了获得国创优秀奖、大丰收杯华北片区二等奖、创青春金奖的火山牌番茄创业项目，尽管在菁英班学习了一些商业相关的知识，但是在创业项目实操过程中，发现自己所学的理论知识与实践之间还存在较大差距，我希望能运用商业理论知识切实指导实践，将所学付诸实践。希望之后可以通过更多的尝试让自己的知识更加深厚，更加系统化，更加具有实践性。从理论到实战提升自己的知识体系和实践运用能力，希望能做一名把握新农业建设精髓的农业创业者，响应国家乡村振兴战略，践行领航农业、振兴乡村的责任和使命。

要了解中国，你必须了解中国的乡村。在本科的四年里我跑过许多地方，上山下乡，走村入户做调研，先后前往新疆伊犁州尼勒克县苏布台乡套苏布台村、云南宣威市、河北吴桥县、四川雅安实习调研。其中，在四川雅安代河村以实际项目成果产出为导向进行社会实践。成功产出项目有百度词条、全家福、乡村图书馆募资、民宿发展调研报告等，受到当地政府和老师们的高度认可。村民对外来人员普遍存在不信任感，研究农民心理会发现，其实这种不信任在农民心理中极为常见，青年一代有责任去保持民风的纯朴，去打造更加美丽的乡村。在新疆的调研获得清华大学2016年暑期社会实践优秀摄影作品奖、中国农业大学农学院2016年精准扶贫实践调研第二名、中国农业大学2017年挑战杯人文社科类校级二等奖。也就是在这些实践学习过程中，我逐渐发现了自我，逐渐认识到自己存在的价值。有朋友说，我们虽然着眼于实际项目的产出，但是无论是作为外来的调研者还是行动者，首先并不能针对每个村民的不同情况去做很多具体的事情，如果陷入细节的汪洋大海之中，反而容易忽略最值得、最适合我们做的事情；其次作为一个产业的研究者，我们本身就具有较为宏观的视角，所以我们在实践过程中争取提出对整个产业的发展更有助益的建议。同时我们也更加相信，把年轻人的活力和赤子之心带回乡村，促使生态乡村活化，追求乡村的可持续发展以及未来的发展价值。

纵然可能没有回报，也要投入真诚的爱和承担起应有的责任。的确，乡村振兴需要专业人才，尤其是大学生，建设现代化强国；实现两个一百年奋斗目标需要乡村振兴，需要更多大学生关注乡村，走进乡村，建设乡村。了解中国，就要了解乡村；提高自我，就要了解乡村，走进乡村，记录乡村。入了村，我们就要扮演阳光使者的角色，让村民感受到祖国日益发展的新气象。大爱雄浑、无华而行的价值追求，是时间的积淀，是内心的从容大气。当然，我不会因为相信就放弃思考、质疑和发问，此刻所确信的不一定是正确的，它仅仅是一个相对时空界限里的存在，还是应该以批判性的思维，以辩证的眼光看待万物，不局限、不狭隘。接下来我还会继续努力，相信还会有更多的美好，阳光、微笑都不会少。

不忘“服务‘三农’”的初心，唯愿携手更多有志者响应国家乡村振兴战略号召，践行领航农业，振兴乡村的责任和使命，砥砺前行。

（代灵知）

为什么我想要回农村？

张亚鑫

张亚鑫，女，中共党员，河南濮阳人，中国农业大学植物保护学院植物保护专业2018届硕士毕业生。在校期间担任中国农业大学校研究生会常代会主任、植物保护学院研究生会主席、昆虫第一党支部书记。毕业后在北京市丰台区长辛店镇担任大学生村官。

我叫张亚鑫，是中国农业大学植物保护学院植物保护专业 2016 级硕士研究生。作为农民的孩子，一个学了六年农学的农大学子，也是一名即将步入工作岗位的大学生村官。我想与大家分享“为什么我想要回农村?”

作为从农村走出来的孩子，我相信很多同学和曾经的我一样，想通过努力学习扎根大城市，有一天可以出人头地，获得成功，孝顺辛苦付出的父母。我也不例外，在读研究生之前我一直都是这么规划我的人生道路的。而在来到中国农业大学之后，我改变了这个想法。6 月份毕业后，我舍弃了老师推荐去法国读书深造的机会，毅然选择了大学生村官的工作。或许你觉得我很傻，很诧异，出国留学的路不是看起来更有前途、更体面、更辉煌吗？那么接下来我就给大家分享一下促使我做出这个决定的原因。

在我们中国农业大学的校歌里有句歌词令我动容甚至热泪盈眶：“翻开我们的书本，就闻到五谷淡淡的清香；走出我们的校门，就担起天下饱暖和安康。”就是这句歌词让我突然明白，当我进入校门成为一名农大人的时候，我就已经被赋予了“解民生之多艰”的使命和担当。在这所学校里，我们的每一个专业和学科都和“三农”息息相关，每一位老师和同学都在围绕中国农业的发展而不懈奋斗。我记得一位老师说：“如果我们农大的学子都不关心农业问题，那么还有谁会关心？如果我们农大的学子都不把农民放在心上，那么还有谁会放在心上？”这句话令人深省，耐人寻味。让我不得不重新思考——作为一名农学专业的学生，我应该怎么做才能不辜负师长对我们的期待和担当。

我从小在农村长大，亲身经历了最基层农村人民生活的艰难和困苦，也见证了在时代的改革和发展中父老乡亲们从满足基本温饱到无忧小康的生活。很庆幸我选择了植物保护这个专业并且来到中国农业大学继续深入学习，在这里我可以利用我的专业知识，为农民的生产做出一点点努力。我的研究方向是农业昆虫与害虫防治，在研究生期间我的研究课题是“全国小麦蚜虫的抗药性监测”。一想到我的实验结果可以帮助农户的小麦多增产一点，小麦中的农药残留更少一些，我就感到由衷的开心和骄傲。还记得在田间调查的过程中，我们顶着毒辣辣的太阳在地里弯腰查看病虫害，不一会儿就不堪重负、叫苦连天，而农户为了照顾好地里的庄稼，多打点粮食，多卖点钱，不管太阳多大，一待就是一整天。即使每天这么辛苦，每年的收入也不过是几千元，除了基本的生活花费之外所剩无几，他们的生活依旧过得很艰难，如果不幸遇到当年收成不好的话，他们可能就要少吃上几顿肉了。每当想到这些场景，我就感到无比心酸，我想如果有机会一定要用自己所学帮助农民朋友过上更加富足美好的生活。

2017 年 5 月份，“最美大学生村官”秦玥飞来中国农业大学做报告。秦玥飞是耶鲁大学经济学和政治学专业的高才生，大学毕业时，他没有去跨国企业当白领，而是选择回祖国服务农村。“我必须得了解我自己国家的普通老百姓，了解他们生活当中有什么样的酸甜苦辣，我要用自己的所学所长去改变，让自己的国家变得更好。”秦玥飞的这句话，让我至今记忆犹新，也进一步鼓励和坚定了自己回农村的决心，从那时起大学生村官就成了我毕业后的工作目标。

找工作选择岗位时，我只报考了基层选调生，后来也如愿考取了大学生村官，能够扎根基层服务农村。我知道选择了村官，就是选择奉献，当然，也就选择了一种责任。

路漫漫其修远兮，吾将上下而求索。诗人汪国真说："我不去想，是否能够成功，既然选择了远方，便只顾风雨兼程。……我不去想，未来是平坦还是泥泞，只要热爱生命，一切，都在意料之中。"既然选择了基层，又何必担心未来，在最美的青春年华，我需要有撸起袖子加油干的勇气。基层也许苦了一点，累了一点，离家远了一点，但对于年轻的我们来说，这一切又算得了什么。前方也许是充满泥泞的小路，也许是充满风沙的荒漠，也许是充满陷阱的沼泽，我想这一路并不平坦，也许会很艰难，但对于我们这一群充满斗志的"战士"来说，相信会有勇气也有能力战胜这一切。习近平总书记说："青春，是用来奋斗的；将来，是用来回忆的……青年时代，选择吃苦也就选择了收获，选择奉献也就选择了高尚。"总书记的话，让我更加坚定了自己的选择。古人云："天将降大任于斯人也，必先苦其心志，劳其筋骨，饿其体肤，空乏其身，行拂乱其所为"！

"青年人应该立志做大事，不要立志做大官"，这是习近平总书记告诫当代青年的。作为一名农大人、一个农民的孩子，能够"解民生之多艰"，能够为人民对美好生活的向往而努力奋斗是我的荣幸和使命，也只有这样，生命的价值才能更加完美地展现出来。

饮水思源，忆苦思甜。实现一个伟大的理想，收获一场无悔的青春，这就是我为什么想回农村的理由。

（张亚鑫）

立鸿鹄志，在“三农”一线成长成才

陈广锋

陈广锋，男，中共党员，山东泰安人，中国农业大学资源与环境学院2014级硕博连读研究生。曾任中国现代农业科技小院研究生联盟负责人、北京高校博士生宣讲团讲师，挂职河北曲周科技局高级咨询和山东乐陵市郭家街道办事处副主任。曾获北京市“优秀毕业生”，中国农业大学“优秀党员”“三好学生”“五四青年标兵”等荣誉称号。毕业后任职于农业农村部全国农业技术推广服务中心。

作为一名来自农村的大学生，我对农业有着难以割舍的兴趣和感情，一直想着如何切合实际地为农村老百姓做点什么。我的大学是在老家山东一所省属高校就读的，随着自己对专业知识进一步了解，攻读中国农业大学研究生成为大学期间最主要的奋斗目标。如愿以后，我一直牢记“解民生之多艰，育天下之英才”校训，立鸿鹄志，时刻以发展高产高效现代化农业为己任。我努力做奋斗者，博士 4 年，每年至少有 7 个月时间驻扎农村一线，住农户、上地头，把试验田从半封闭式的实验站搬到了农民的地里，致力于解决小农户种植低产低效问题。

扎根农业一线，在实践中学真本领

2014 年“五一”假期还未结束，我挺进粮食大省山东摸索创建了当地第一所以粮食生产为主的“科技小院”。也许大家对“科技小院”比较陌生，简单来说，就是研究生驻扎在农业生产一线，与当地百姓同吃、同住、同劳动，发现农民、企业等生产中存在的问题，一边做研究一边做服务，进行技术集成创新、解决生产实际问题，同时完成自己的研究论文，努力把论文写在大地上。我工作和研究的地点就位于山东省德州市乐陵市郭家街道南夏村。

刚来到村里时，我是一个无经验、无人员、无课题的“三无”光杆司令，还听不太懂当地的方言，不懂得如何与百姓交流，最要命的是自己不知道如何解决当地生产问题。习近平总书记在十九大报告中提出要培养一支“懂农业、爱农民、爱农村”专业的“三农”工作队伍，也许农科学子都会觉得自己科班出身，就是“一懂两爱”的不二人选。初到乐陵时，我就是这么想的——中国“最牛”农业院校的博士研究生，难不成会被农民问倒？但现实却打了自己的脸。刚开始印象最深刻的一件事就是和当地农业局技术员一起指导麦收工作时，一位老大爷“为什么我家麦粒是空的”的提问让我哑口无言，绞尽脑汁也不知道如何作答，切实感受到了理论与实践之间的差距。幸亏同行的农业局植保站刘新华站长为我解围，他详细耐心有根有据地解答了老大爷的疑惑，貌似“狄仁杰”化身一般，根据“案发现场”找到“案发原因”，老大爷心服口服，让我也佩服得五体投地。

农业生产确实是一个复杂、脆弱的过程，遇到的问题往往不是因为一个原因导致的，也不是单单一项技术所能够解决的。为了弥补自己在生产实践上的短板，我利用科技小院学生驻扎生产一线的优势，拜当地农技专家为师学经验。每天去田间地头走一走和有经验的农民聊上几句，增长见识的同时积累各种田间生产知识，锻炼自己的专业实践能力，努力做到让农民问不倒。在我们的农业技术服务微信群里，刘新华站长评价说：“陈广锋博士为我们农业生产尽心竭力，是我们乐陵农业的幸事。”这也算是对我在乐陵市农业技术服务工作的认可。

爱农村爱农民，脚踏实地服务“三农”

在科技小院，我和村民建立了深厚的感情。我驻扎的村子在每年农历五月初五会有吃鸡的习俗，寓意一年里身体健健康康。村里一位 70 多岁的老奶奶，把我们当成亲孙子孙女一样，过节的时候把自家养的老母鸡杀掉炖好，送给我们吃。天气热的时候，她还和老伴骑着三轮车给我们送西瓜。每逢当地赶集时，也会顺道问问我们有啥需要的东西。有付出就有回报，越来越多的当地村民认可科技小院学生的工作，把我们当成自家人。有些村民更是在孩子结婚宴、小孩满月酒时叫上我们参加，让人十分感动。

就这样，不到一年的时间，乐陵科技小院变得“生龙活虎”起来，我和当地村民成为亲密无间的一家人；小院学生也为周边乡镇农户完成了无数次答疑解惑；举办了由山东省土肥系统骨干工作人员参加的新型肥料技术研讨会；接待了法国 60 多名农业专家代表参观团；帮助乐陵市完成了高产创建项目。2015 年，乐陵市科技小院扩展到两个，驻扎学生顶峰时达到了数十人；4 年时间，我负责主讲农民技术培训 62 场次，累计培训小农户、种粮大户、家庭农场主等约 3 000 人次，提高了村民的种养科学文化素质；累计指导小农户种植面积 3 万余亩，建立高产高效示范方 500 亩，致力于打通农技推广的“最后一公里”。

不忘初心，在奋斗中成长成才

科学技术落地离不开高校与地方政府的通力合作，尤其是农业生产技术。2014 年 5 月，我挂职乐陵市郭家街道办事处科技副主任一职时，结合专业优势完成了当地农业园区考核、农业绿色食品安全考核等多项任务。中国农业大学与河北省曲周县有着 40 多年校地合作历史，为了进一步推进双方合作交流，促进曲周科技发展，2017 年我挂职曲周县科技局高级咨询，负责乡村振兴“科技小镇”建设相关工作。这期间，与村民代表召开 5 次调研座谈会，形成“科技小镇”建设简报 10 余期，为当地现代农业发展起到了积极推动作用。为响应国家“一带一路”倡议，还参与了“第三世界发展中国家培训基地”在曲周的相关工作，负责接待了三批来自印度、尼泊尔、印度尼西亚等全球 11 个发展中国家共计近百人在曲周的学习研讨，把我们先进的农业技术分享给他们。

2017年10月，我作为“北京高校学习习近平中国特色社会主义思想博士生宣讲团”讲师代表，赴云南大理南涧县、山东乐陵市、河北曲周县等地为当地基层干部、农民开展“精准扶贫　乡村振兴”为主题的十九大精神宣讲。在云南南涧县，宣讲地点平均海拔2 000米，崎岖的盘山公路带来的晕车症状让第一次来到高原的我有些吃不消，但是看到当地基层干部、老百姓盛装相迎，盛情期待，就立刻被他们的诚挚和热情所打动，两天时间累计行程300多公里，翻越沟壑和山头，向4个乡镇的全体基层干群代表宣讲了党的十九大精神。

作为一名博士研究生，我在开展社会服务的同时不忘科学研究。本着“从生产中来到生产中去”的原则，建立了包含山东乐陵、河北曲周、河北徐水的“华北科技小院研究协作网”，首次探索实施“科技小院1351”研究体系。先后发表SCI论文一篇，共同第一作者发表EI论文一篇；申请“一种夏玉米同步营养肥”发明专利一项（正在公开），该专利第一年推广应用5 500亩，节约农户化肥投入13万元，第二年推广应用12 400亩，节约农户肥料投入30万元。

不忘初心，方得始终。在“三农”生产一线锻炼了我的意志，实现了精神升华。科技小院每天写作日志和平时活动方案的策划提高了我的写作能力，和农民的交流让我对“三农”有了更清晰的认识，同时也喜欢上了自己的这身“泥土味”，更加坚定了毕业后报考农业农村部全国农技中心的选择。希望能在更高的平台上继续从事农业技术推广与服务工作，为我国的“三农”发展和乡村振兴贡献自己的力量，把青春挥洒在祖国大地上。

（陈广锋）

我与农村有个约定

县校合作共建双高 中秋佳节喜迎丰收
“再欢聚 同丰收”
中秋文 晚会
庄村村委会
国农业大学王庄科技小院
生物质燃料有限公司
专业合作社

刘 晴

刘晴，女，中共党员，河北保定人，中国农业大学资源与环境学院农业资源利用专业2018届硕士毕业生。在校期间担任曲周实验站研究生党支部书记，驻扎在河北曲周“三八”科技小院服务基层。毕业后在北京市丰台区花乡担任大学生村官。

你是你梦想路上唯一的高墙，越过去全世界都能看见你的光亮。

——楔子

“你毕业后想去干啥呀？”

“我以后就想扎根在农村呢，王姐。”

“真好，农大的娃就是不孬！”

看着手里的就业协议书，我又想起了与河北曲周范李庄村王姐在田地里的一番对话。那天，太阳西沉，铁锹上反射出明亮的光，王姐黝黑的脸庞上真切的笑容在夕阳的照射下熠熠生辉，那似欣慰又鼓励的表情在那一刻敲进了我的心房。

是啊，我们不就是应该“解民生之多艰”嘛，我当时便在心里默默地与农村达成了约定。

如今，我完成了这个约定，即将就职北京市丰台区花乡，从此成为一名大学生村官，继续扎根在基层，奉献我的一份力量。

风浪初起，惊起帆人梦

说起我和农村的约定，要从我的中国农业大学研究生生涯开始谈起。

我从未想过会有那么一些人，坚定地奋斗在农村，为农村增产增收服务；也从未想象过，我们眼中高大的教授老师们长期住在科技小院（农舍）里，两脚踩进农民家的田地中，切切实实地将科研成果转化为丰收的粮食。可是，我的老师却让我看到了这样的画面。

我顿时点燃了满腔热情，满以为可以发挥自己的价值。2015 年 6 月，我也成为科技小院的一员，来到了河北曲周农村，在农民地里搞研究，做服务。

我每天都下地查看作物长势，及时记录；进行农民培训；对农村进行观察；带领妇女跳舞，丰富她们的文娱活动；教孩子们知识……带给了村民们丰收的同时也丰富了他们的精神生活。

我心想，我还是蛮有价值的哩！

然而，当我 2016 年 3 月成为“三八”科技小院的负责人，独立接管一个村之后，慢慢发现技术指导带来的粮食产量增收还是微乎其微。农村，如果仅仅通过种田，是不能全面发展起来的。

深深的挫败感袭上心头，我到底能够为农村做点什么？我不停地问自己也否定自己。

也就在这时，我们与当地政府进行沟通，县妇联带来了藤编工艺，乡政府引进了零件加工订单，王庄村建立了配肥厂，范李庄村形成了手工业带……，原来那么多基层干部与我们一样心系农村，原来基层工作人员的小举动就可以引发大效应，我心中又燃起了熊熊烈火。

“你们太了不得啦”，范李庄村的王姐拿到手工费后，在地头数完钱笑得合不拢嘴。她问我：“你毕业之后去哪啊？”

看着王姐，我心中一动，说：“我以后就想在农村呢！”

那天的夕阳把两个人的身影拉得很长很长。

既定而从，破浪须有时

既然有了扎根农村的目标，就要为了目标而奋斗，我选择了报考北京市大学生村官。虽然困难是有的，但阳光也会有的。

2017 年 11 月，我播种完实验地的小麦后，就匆匆赶回学校准备北京市公务员（大学生村官）考试。考试日期定在 12 月 17 日，满打满算我也只有 40 多天的准备时间了。闺蜜兰兰从 7 月份就开始准备了，身边的一些同学也有从上半年就断断续续开始准备了，虽然我之前在闲暇时间也偶尔看了看相关资料，但是奈何时间零碎，效率很低。

而这时，我又同时接到一个不得不做的实习工作，这意味着，一个星期只有平日的晚上和周末可以学习。心火袭来，说不焦急是假的，可决定要做的事情还是要做，既然要做，就要做好，竭尽全力，方无遗憾。

剩下 40 天又何妨，就算只有最后的一个星期，我也会抓紧这一星期的时间，努力实现自己留在农村的约定。

就这样，我每天忙碌在实习单位、自习室、宿舍三点之间。每天晚上在自习室学习到 11 点，早上 5：30 就起床赶去实习单位，时间不够就在公交车上看书，中午抓住时间也看书，自己仿佛是紧绷的一根弦，没有任何娱乐活动，唯有乏累时闭目养神的奢侈一刻。

可是不规律的作息，紧绷的神经，奔波的身体以及贫乏的睡眠，身体终究是吃不消的。于是，感冒、肠胃炎、发烧、眼疲劳等种种状况在这短短的时间里频繁暴发，而我却仍然在病房输液的时刻都在捧着《行政职业能力测验》学习。

舍友见到我这样努力心里不免有些担心，关切地问我："你这样身体会不行的呀，考村官真的有那么重要吗？"

那是晚上 11 点半，我正靠在床上，刷着微信公众号的热点时事，听到舍友的话，也喃喃自语道："真的有那么重要吗？"

忽而，王姐那黝黑的脸庞以及村民们愉悦的笑容又浮现在脑海，我释然一笑，扭过头坚定地跟她说：“嗯，很重要！没事，不用担心我，我会照顾好自己的。”

其实，我是忐忑的，学习的同时兼顾休息，还要忍受着心里的煎熬和间歇性不自信。

是的，《行政职业能力测验》和《申论》是很难准备的，不知道怎么快速提高自己。刷题系统里其他用户的刷题最高达 1 万多题，而我才可怜的 1 千多题量，正确率也不高。我便时常咨询有经验的师兄师姐，自己也找规律做笔记，形成错题本，逐渐积累经验。

我一边坚信自己行，又一遍遍矛盾地怀疑自己，每次稍一犹豫，就想起我心中的那个约定，便又能打起精神来坚持下去。

这一个多月是煎熬的，不确定却又极其肯定地矛盾着，可这一切都随着我走出考场的那一刻彻底消逝了，不管结局怎样，我都为了自己的梦想而努力过。

柳暗花明，怪道是新村

有时候，惊喜总是突然就来了，从不给你反应的时间。

出成绩的那天，我在出差返程的路上，手机没有办法查成绩。我也没有对成绩抱很大的期望，总觉得自己才准备 40 多天，不一定会有好结果，便也没有放在心上，只想着等晚上回去再查看，这个时候我倒是沉得住气了。

这时，手机屏幕弹出了两个窗口，闺蜜兰兰在说话，随手点开，我顿时惊住了，她发来的是我的考试成绩以及入围结果。

啊！没想到我竟然进入面试考察了，我太激动了，这竟是真的，我的努力值得了！

而接下来迎来的面试，我心里是有底气的，我自认为有足够的经验，足够的信念，一定可以用真心打动考官。所以，在面试方面，我并不担心。

最后，我拿到就业协议书的那一刻，真的通过努力“心想事成”，而非“事与愿违”。

三千云月，定是好时光

这不是终点，我恰恰站在了起点上。一路走来，虽煎熬却也不煎熬，我和农村的那个约定激励着我，给予我力量。

我又想起老师说过的一句话：“学校的使命，是让你们做天下之英才，而你们的使命，是解民生之多艰。这样的使命感和责任感，需要我们共勉。”

是啊，接下来，我还要继续用我的洪荒之力，凝练潜质，践行情怀。在这一个新的起点上，为我和农村的约定插上美丽的翅膀。

蓝天白云下的青春，注定是生命历程中不可磨灭的。那黝黑的脸庞和臂膀，定会见证青春最好的时光……

（刘　晴）

志存高远，脚踏实地

潘　龙

潘龙，男，中共党员，江苏邳州人，中国农业大学动物科学技术院动物营养与饲料科学专业2018届博士研究生毕业生。曾获北京市“优秀研究生毕业生”“三好学生”，中国农业大学“五四青年标兵”“学术之星”等荣誉称号。毕业后拟任职于南京农业大学动科学院从事教学和科研相关工作。

农业科学是一门“顶天立地”的学科，与每个人的生活戚戚相关。很荣幸在该领域畅游了十余个年头，如今四年的博士生涯即将结束，预示着美好的学生时代即将落下帷幕，职业生涯也随即拉开序幕。又一次站在这个人生的转折点，我选择了教师的岗位，主要是为了致敬24年求学生涯中无以计数的诸位老师们，是他们的帮助让我练就了一身沉稳与坚韧，是他们的包容让我懂得了责任与担当，是他们的鼓励让我多了一份自信与从容。一腔谢意无从说起，不思量自难忘，唯有传承才是我所能回报的微薄之意。

为了完成这个夙愿，我深信“人生的扣子从一开始就要扣好”，偶然进入了畜牧行业，既来之则安之，少抱怨少空谈，多干实事，因为现在的青春是用来奋斗的。农业的舞台有多宽，就看我们的内心有多大；畜牧的前景有多好，就看我们的愿景有多美。农村、农业和农民关乎每个人衣食住行，你看得见或者看不见，他们都永远相伴。因此，我们需要立足于“三农”的行业，勇于实践、勇于探索，在“三农”中生根发芽，茁壮成长，并回馈“三农”，促进“三农”的健康发展。

畜牧行业是一项基础应用型行业，猪、马、牛、羊是养在润物无声的大地上，而不是在虚无缥缈行云中。好高骛远、华而不实的青春终究会留下一串遗憾的叹息。万里之行始于足下，人生是一步一个脚印走出来而不是假设虚构而成。山再高，往上攀，总能登顶；路再长，走下去，定能到达。在行走的过程中，不可能常存直挂云帆济沧海的幸运，但是要始终坚信长风破浪会有时。困难并不可怕，关键看我们如何应对；积极一点，再困难的事也可能只是一时；消极一下，一丁点的困难也可能伴随你一世。要想顶天立地，需先脚踏实地；面对重重难题，执着信念永不放弃。

路虽然还很长，但时间不等人，决不能安于现状、贪图安逸，而应不断奋发向上、砥砺前行！生命不息，学无止境。尽管求学的生涯近乎清静的修行，不但是形体上，更是内心深处的一种历练。只有经历过煎熬的人才能真正体会那种被认可的乐趣和获得回报的幸福感。很多时候并不是大家不够努力，也并不是大家不够优秀，往往都是败给了自己，被自己内心的那种煎熬感折磨到崩溃，最后放弃了继续努力。任何时候遇到任何问题大家都需要保持一种信念：坚持不懈的努力迟早会有所回报，只要坚持，梦想总是可以实现的，即使近期并无所获，但是终归有一天会受到青睐，并不能急功近利，急于求成，而遗忘高瞻远瞩，宁静致远。

择一职业而爱之，必成大器。择己所爱，择己所长，择世所需，择己所利，此乃择业至高境界。没有平凡的工作，只有平凡的态度，态度决定着一切。畜牧行业，曾几何时被多少人鄙弃，又被多少人遗忘，而今商业大佬纷至沓来，均望分得一杯羹，可见畜牧行业的无限潜力。不可否认，畜牧行业低薪而又艰辛，但是人生的经验又何尝不是从基层而获、从基层而升华？我也曾抱怨过，也曾无望失落过，但是终归没有沉沦于哀叹之中。苦难并不可怕，脏累也不可怕，可怕的是对所选职业由内而外的厌弃。望后来者均能认清自我，找准目标，投己所好，爱其所好，终其所好，方成气候。

农村，广阔天地；农业，大有作为；农民，大有人在。何乐而不为！

我清楚地记着十多年前，多少人对我所学专业的鄙夷和无知，而我内心却一直坚信着专业或职业并无高低贵贱之分，只不过大家都期望借助某一平台提升自己，从而能奉献自己一点点力量而已。也许，此时我活得并不轻松，但或许是充实快乐的。衡量幸福的标准因人而异，并不是外人所能判断，而是内心油然而生的愉悦感。

“三农”大有作为，生活希望满满。成功总是青睐那些积极进取而又不懈追求的人。幸福都是奋斗出来，择一业，志存高远，而又脚踏实地，终有出息之日。一句话，撸起袖子加油干！

（潘　龙）

我的回乡之路

张宇辉

张宇辉，男，中共党员，河南平舆人，中国农业大学动物科学技术学院养殖专业2018届硕士毕业生。在校期间曾任学院研究生会主席、动物营养综合党支部组织委员、学校十四届研究生代表大会常任代表，获得中国农业大学二等奖学金、学院院长文化一等奖学金、戎易奖学金等，被评选为中国农业大学“优秀学生干部”“优秀毕业生”。毕业后拟任职于河南省驻马店市畜牧局。

大学时光

2012年8月底，我拿着一纸通知书从一个小城来到北京这座向往已久的城市，抱着学不成名誓不还的心情，开始了自己漫长的求学之路。

刚来到北京的我稚气未脱，除了看书、考试什么都不会，而身边的同学们身兼十八般武艺，既能在文艺晚会上唱歌跳舞，又能在课堂上对老师提问侃侃而谈。看着闪闪发光的他们，我握紧双手，开始了追逐的脚步。为了提高自己的综合素质，学术上除了努力地学习课本知识，我还参加大学生创新项目、参加URP，在实验室得到了老师和师兄师姐的指点，受益颇深，有时候，他们的一句话胜过自己苦苦摸索很久。为了锻炼人际交往的能力，我积极参加学校、学院组织的各种社团活动和社会实践。为了有一个强健的身体，我学篮球、学网球、学乒乓球、学高尔夫、爬山、远足。不知不觉间，我的生活发生了变化，从一开始只能跑腿到为社团活动提出好主意，从一问三不知到在生活和学习上能够帮助大家，扭捏的气质变得宽容大气，身边也聚集了很多朋友。在这期间，我还有幸得到了红色思想教育，整个本科期间，我不忘自己学农和为人民服务的初心，能全心全意为同学们服务，并协助学院党委、团委老师及班主任完成日常工作。我的思想和为人也得到了组织和大家的认可，大四时正式成为党组织的一员。本科四年使我成长了很多，我也开始成熟，与此同时，我也深深感受到了家乡和北京的差距，家乡还在沉睡，而我，希望它睁开双眼。

我希望用自己的学识为家乡贡献一份力量，但是还需要更进一步的提高自己的知识水平。为了能让自己的肩膀担得起为家乡做贡献的担子，我选择了继续深造。考研是一条漫长而艰苦的道路，我们宿舍一共六个兄弟，有五个一起考研，大家相互鼓励和监督，最终我们都考上了研究生，这也成为学院的一段佳话。考研带给我的除了研究生的录取通知书，还有兄弟们一起同甘共苦的珍贵回忆。

研究生生涯

考研完毕，我选择了自己最感兴趣的畜牧工程专业，师从中国农业大学畜牧工程研究所主任刘继军教授。我很庆幸我的选择，不仅因为畜牧工程是个重要领域，对畜牧生产起着整体规划的作用；更重要的是刘老师的人格魅力，他教会我什么是大格局，让我成长为一个有眼界、胸怀宽广的人。

有了明确的目标，学习上更是充满了干劲，研究生期间我各科成绩都达到优良，主持或参与各种实践活动7项，在各种畜牧场实践达一年之久，观察到了畜牧场经营与管理的实况。参与了云南省山地牧业科技示范园项目种畜繁育推广中心、草地动物科学研究院肉牛舍方案设计及建筑图绘制，突泉曙光现代农业循环经济园区畜禽养殖卫生防疫及废弃物综合处理实施方案设计内容文字材料撰写，国家晋江马保护区建设项目马舍方案设计及建筑图绘制等工作。在国家肉牛牦牛产业技术体系哈尔滨综合试验站和张掖综合试验站完成了“相变材料在东北地区应用效果的研究”试验，在国家肉牛牦牛产业技术体系大通试验站完成了“大通种牛场新型牦牛舍环境指标测定”试验。这些宝贵的实践经验将会是我人生中的巨大财富。

为了以后更好地为家乡人民服务，一入学我就竞选了动物科技学院研究生会主席，锻炼自己组织协调和解决问题的能力以及团队合作意识。在担任研究生会主席期间，我全心全意为同学们服务，协助学院党委和团委老师完成日常工作，并协助分党委和分团委进行学生思想教育工作。为丰富和便利研究生课余生活，我组织了学院“昕大洋”杯篮球赛、学院2017级研究生迎新、动物科技学院第十四届研究生代表大会等。为保证研究生会工作正常顺利地开展、加强研究生会的内部管理、提高研究生会干部的思想素质和工作能力、强化研究生会组织建设，我带领研究生会成员细化各部门工作，明确各部门职责。在学院分党委领导和分团委指导下修订了《动物科技学院研究生会章程》，并完善研究生会的组织架构。响应校研究生会号召，我带领体育部牵头组建动科篮球“梦之队”参加运动嘉年华篮球赛，最终获得全校总冠军。一年的努力会有回报，2016年12月，我代表动科学院研究生会参加中国农业大学研究生会交流会，并在述职评比中获得“中国农业大学优秀研究生会”的荣誉称号。除了研究生会工作，我还协助学院老师开展研究生日常管理工作。经历看似风光，实际上却充满了艰辛。研究生会的工作和导师交代的工作有时候会发生冲突，为了两边的工作都不耽误，除了加班熬夜，我得想方设法提高工作效率，这也是高强度工作下才能锻炼出来的。当自己具有很强的责任感的时候，看似没办法完成的事情，也是可以咬牙完成的。假如自己真的很想去做某一件事，也就不会觉得有多苦，这也大概是我能顺利地完成研究生会工作和老师交代的任务的原因吧。在我的心里，研究生会工作的锻炼，能让我在以后回到家乡做行政工作时更加得心应手一些，这是软实力；而老师交代的任务，则是实实在在锻炼我的本事，让我具有硬实力。这两者在以后的工作中都是必须的，所以我咬牙坚持着把两边工作都做好，是心底的这份信念支撑我走过那段日子。

回乡之路

2017年秋，我看到了家乡人才引进的通知。那一刻，我欣喜不已，终于可以用自己的所学回报家乡了。于是我积极准备笔试和面试。在哈尔滨做试验期间，我一边做着毕业设计，一边努力备考，每天都要做好几套卷子。这段时间，哈尔滨室外温度是零下二三十摄氏度，而我的内心却是如火苗一般温暖，有一股冲劲支持着我。

回老家进行面试的时候，我没有紧张，反而有一种亲切感，闻着这片土地的清香，有种血脉相连的感觉，这更加坚定了我回来贡献家乡的决心。我要用自己在北京学到的知识来建设家乡，希望它也能繁花似锦。收到家乡市畜牧局的录取通知时，我的心情反而很平静。仿佛这么多年，它一直在等我再次回到它的怀抱一样。

（张宇辉）

心中有阳光，脚下有力量

杨　幸

杨幸，女，中共党员，甘肃兰州人，中国农业大学动物医学院基础兽医学专业2016级硕士研究生。在校期间担任基础兽医学系研究生第二党支部书记，学院研究生会宣传部部长，动医161班辅导员。毕业后拟任职于北京海关。

正值高考，朋友圈的公众号里都在分享高考时的经历感受。合上手机，转念一想，距离自己高考都已经过去九年时光了！惊叹时光飞逝的同时，打心眼里不舍时间过得这么快。在学校的日子真是幸福充实，就要和这一段美好的时光告别了，想把我的经历和感受与你分享。

“不努力，怎么知道不可以”

硕士学习两年，从支部获得“先进基层党组织”到自己国奖答辩，到北京市优秀学生干部答辩，再到考公务员进面试过面试，一路走来，和做梦一样。其实遇到上面的每件事第一反应都是害怕和打退堂鼓，心里有个声音说：“即使不做也不会影响生活，何必要去试一下”，但另一个声音却怯怯地提醒着自己：“不努力怎么知道不可以”。很庆幸，也很感谢那个时候的自己，即使压力很大，一边压力大到流着眼泪想为什么要给自己找“不痛快”，一边还是一遍一遍练习，想着可能会被提问的问题。

每一次试探着向前迈一步，完全出乎意料地跨过那个坎，每一次就会多一点点自信和底气，有勇气再去进行新的努力和尝试。如此，除了收获荣誉，还收获了很多同行小伙伴的友谊，因为经历着各种各样的事情，才有机会认识和了解不一样的人。还深深地感受到如果不是亲身去经历，就不知道自己的心情究竟会跌宕起伏到何种程度。

如果下一次你也遇到想做却又想打退堂鼓的事情，不知道这句“不努力怎么知道自己不可以”是不是可以帮到你。

“爱你所爱，行你所行”

“爱你所爱，行你所行”，电影《无问西东》里的这句话打动了我，那时确实也是迷茫的时候。不作为站在人生的路口的毕业生，可能没有那么深的感触。当时已经 1 月份了，就要放寒假，一想到寒假结束回来就是 3 月份，马上就要开始毕业论文的各种事情；秋招已经过去，工作却还没有着落，虽然公务员考试进入了面试，但笔试分数没有优势，心里也非常忐忑。假期里，每天练习和写毕业论文之余，望着天花板想自己未来到底要做什么，能做什么。但想归想，该做的事情还是要一件一件跟进，好像也没有哪一天这种压力和焦虑马上就没有了，但心里一直想着那句话“愿你在迷茫时，坚信你的珍贵，爱你所爱，行你所行，听从你心，无问西东”。

这种感觉有点像高考，也不知道自己的终点在哪里，但是可以把复杂的事情变简单，先做好“好好学”这一件事就可以了。大二的时候有位老师说，知道自己想干什么，擅长做什么，这件事情很重要。但如果你暂时还没想好，那就先做好手边的事情，慢慢做着你可能就想好了。

“平凡生活的英雄梦想”

最感谢的是母校和学院的培养，最宝贵的还是一路上走来遇见的人。受人尊敬的师长，相伴成长的朋友和伙伴，还有动医 161 班的小可爱。平凡的生活里，总有人与我分享，相互帮助，相互成为榜样。遇到困难挫折，有人出主意；遇到开心喜悦，有人同欢喜，这是生活里最不该缺失的部分。

求学的时光，匆匆就过去了，求知的路不会就此止步。“解民生之多艰，育天下之英才”的校训和“发展兽医科技，保障人类健康”的院训，需要我用实际行动去践行，将自己所学的知识技能充分运用在工作实践中，发挥自己的专业特长，并在工作中踏实学习，不断进步。守护国门安全，是我接下来一段生活中要好好去做的事情，是平凡生活的英雄梦想。

习近平总书记曾经说过：“青年的人生之路很长，前进途中，有平川也有高山，有缓流也有险滩，有丽日也有风雨，有喜悦也有哀伤。心中有阳光，脚下有力量，为了理想能坚持、不懈怠，才能创造无愧于时代的人生。”不论是求学还是求职，心中满怀着对未来生活的希望，坚定地走好脚下的路，与同行的伙伴一起，一步一个脚印地创造属于我们的精彩。

（杨　幸）

选调之路，放飞青春梦想

刘云霄

刘云霄，男，中共党员，四川渠县人，中国农业大学食品科学与营养工程学院食品生物技术专业2018届博士毕业生。2018年陕西省委组织部定向选调生，拟分配到商洛市镇安县工作。

总以为时间还很多，可是一转眼就到了毕业季。回想起2017年的这个时候，对于工作我还比较懵懂和彷徨。在博三暑假前，我都没有考虑过太多与工作相关的事情，那时主要是实验占据了绝大部分的时间和精力。如果一定要说将来想做什么的话，心里想得更多的可能是以后继续从事科学研究吧。2017年7月，当我看着实验室师兄师姐们走向各自的工作岗位，自己心里也开始思考将来毕业的去向。那个时候有考虑过出国读博后、在国内选择高校或者科研院所就职以及去公司谋求发展。

整个暑假我都在考虑这个问题，和亲朋、同学聊了很多，特别是和一位选调生师兄交流后，自己逐渐知道了选调生的相关政策，认识到选调生也是一个很好的选择。开学后，很多省市都来学校举办选调生宣讲会，强调在新时代全面建成小康社会过程中，各级党委和政府对人才的渴求以及对选调生培养工作的重视。通过宣讲会我也认识到选调生是大学生为人民服务、实现自我抱负的一种选择。一些优秀选调生返校举办的经验分享会也引起了我内心强烈共鸣，他们在基层默默奉献、踏踏实实为广大基层群众解决各种问题的出色表现，无一不深深地吸引着我。经过综合考虑后，最终我决定选择选调生这条路。

选调之路

2017 年 9 月开学后，好几个省市的组织部门都发布了招录定向选调生的通知，而我选择了陕西省。作为“一带一路”在西部的重要支点，西安正成为国家中心城市，伴随关中城市群规划的实施，陕西省展现了强劲的发展势头，这是陕西吸引我的主要原因。而我的老家位于四川省东北部的达州市，毗邻陕南，每次坐火车到学校都会沿着襄渝铁路穿过巴山、秦岭，再北上到达北京。地理位置上的一衣带水，也消除了四川和陕西在我心里的距离。

我之前几乎没有关注过公务员相关的考试，对公考的认知比较匮乏。查阅相关资料后了解到选调生考试分为《行政职业能力测验》和《申论》，为了准备考试，我从网上购买了以前的国考《行业职业能力测验》和《申论》的真题汇编边做边学习。报名后离考试只有一个月的时间，那时我每天除了协助老师负责管理实验室、订购药品试剂耗材之外，还要补实验、修改投稿文章，每天只有晚上回到宿舍后才有时间看书。为了不影响舍友休息，我都到楼下自修室一个人复习。虽然那段时间比较辛苦，但是经过一个月的学习提升，我最终还是顺利通过笔试进入了面试。

大多数选调生的面试都是结构化面试，就是考生一个个进入考场，回答考官准备好的问题。陕西选调面试也是如此，考室里大约有七八名考官，进去后回答两个问题，答完就离场。关于面试我准备得不多，就是在考前看了很多网上的公务员面试辅导视频，然后结合自身的理解回答问题。如果一定要说什么经验的话，就是面试的时候一定不要紧张，要自信，言行举止合理大方。

面试结束后就等待通知。大概在 11 月底的时候，学校官网上就公布结果了。当我打开文件看见上面有自己名字的时候，心里面非常开心，感觉既达到了自己既定的目标，也证明了这几个月来的努力没有白费。陕西选调生考试是考上之后再填写志愿，确定将来的去向。所以在结果公布到填写志愿这一段时间内，我一直在思考到底该去哪里。我出生在一个小镇，在农村长大，虽然现在博士毕业后选择很多，但乡村对我还是有一种莫名的吸引力。而且从本科以来，自己学习、研究的对象都和各种农作物密切相关——本科主要参与了优良性状木薯的筛选培育，硕士期间研究水稻稻瘟病，而博士学习阶段主要研究葡萄抗病育种。我希望去基层把所学到的知识回馈给社会，所以我的志愿填写了安康市和商洛市的基层县级单位。到了2018年5月中旬，具体的工作分配结果出来，我如愿以偿被组织分配到了商洛市镇安县工作。

明确目标，继续奋斗

从首都的高校到基层党政机关，不仅是生活环境和工作方式的改变，更重要的是服务对象和思维模式的转变。在硕士研究生期间，我曾担任过一段时间的海南省广播电视大学兼职教师，主要工作是对各市县的村干部进行专业知识培训。在与村干部的交流过程中，我收获到了许多书本中没有的知识，认识到了很多基层特有的现象及其背后深层次的原因，这些经历使我深刻认识到理论必须联系实际，一定要深入基层才能了解到真实情况。我希望以后能够扎根基层，深入了解人民群众所及、所需、所想，从人民群众中汲取宝贵经验。同时在工作中要忘记自己博士生的身份，以“小学生”的谦虚态度接受大家的批评指正，以优秀选调生为榜样，不断自我反省以提高自身能力，争取能够尽快胜任相关工作，切切实实为人民谋利益，为实现中国梦奉献一份微薄的力量。

（刘云霄）

扎根基层与服务“三农”

曹天一

曹天一，男，中共党员，山东滨州人，中国农业大学食品科学与营养工程学院2018届硕士毕业生。在校期间担任学院就业创业实践部部长。毕业后拟任北京大学生村官。

完成硕士毕业论文后，闲暇之余翻看了《习近平的七年知青岁月》，眼前再现了习近平总书记扎根黄土高原，在山沟里同人民群众同甘共苦、情同手足、血肉相连、水乳交融的感人画卷。通过仔细阅读，书中一个个鲜活的故事、一个个具体的细节、一个个生动的场景以及蕴含在其中的精神和力量，深深地吸引了我，感染了我，教育了我。作为即将毕业的研究生，很荣幸能够成为一名大学生村官，深入基层，感受基层，服务基层。有人梦想九天揽月，有人梦想十里洋场，而我决定深入基层，深入农村，因为那里有我们的根，有最真挚的情，有最可爱的人。

扎根基层，服务“三农”，扎实的农业知识是前提。习近平总书记曾说过“给农业插上科技的翅膀”，变“扶穷”为“扶智”，而科学技术知识的传播需要一批批科技工作者，大学生村官就是最好的传播者，不仅年轻富有朝气，更重要的是拥有扎实的专业知识。作为中国农业大学毕业的研究生，深深受益于母校的馈赠，这所顶尖农业大学教会我如何去学习农业知识，如何去使用农业知识，如何去传播农业知识。打铁还需自身硬，对知识的掌握永远都要主动，任何知识都需要学习消化吸收，最终为己所用。两年来完备的硕士培养使得我们对农业理论知识和行业发展动态有着深刻理解，日后基层服务工作中也应该利用已有的专业知识储备为老百姓谋发展、谋福利，设身处地为老百姓多想、多做，带动基层发展。作为食品专业毕业的农大学子，在今后工作的过程中，不仅要加强老百姓对食品安全、食品营养方面的知识普及，更要努力践行村官职责，发掘当地食品产业特色、农业特色，将专业知识与当地特色相结合，尽自己所能带动老百姓增收致富，帮助其实现“一村一品”。研究生期间，我参观过北京的名胜古迹，领略过老北京的风土人情，改变了自己儿时对北京繁华无比、辉煌气派的最初印象，原来北京并非都是高楼大厦，依然还有很多山区百姓在为生计奔波，北京的一些远郊县山区仍然是欠发达地区。人们的关注点还是集中在中西部、老少边穷地区，对都市里的这些“城中村”鲜有问津。感慨至此，作为农大学子励志为这些“城中村”效力，贡献自己的微薄力量，愿其在自己绵薄之力的带动下转型升级，同时实现自己的社会价值。带着服务基层的信念，我报考了 2018 年北京市大学生选调计划考试，历经大半年的刻苦努力，终于通过了笔试、面试，实现了最初的目标，得到了能为这些老百姓力所能及做事的机会。寒窗苦读不忘初心，几年来学到的农业知识终于寻得用武之地，实是人生一大幸事。以后将铭记初心，扎根基层，服务“三农”，学习农业知识在路上！

扎根基层，服务“三农”，主动的服务意识是基础。主动去为老少边穷地区谋福祉。“艰难困苦，玉汝于成。”习近平总书记插队在贫瘠的陕北黄土高原，是全国 1 600 多万插队知青中自然环境和生存条件最艰苦的地方之一。习总书记义无反顾地投身到艰苦劳动中，与群众一起放羊、铡草、挑粪、拉煤、修田，闯过“跳蚤关”“饮食关”“劳动关”“思想关”。从梁家河一名普通知青成长为村民信任的村支书，由于他敢干、勇于担当，看准了的事能够带领群众干好，最后得到了人民群众的信任和尊敬，这一切都是主动服务意识的体现。“解民生之多艰，育天下之英才”是中国农业大学的校训，这与国家当前帮助老百姓脱贫致富的重任不谋而合。作为农大学子，身兼母校和国家的殷切期望，更应该主动为民解忧、为民排难。树立主动服务意识，要有不怕苦、不怕累的精神。虽然农村的工作和生活在物质上无法与城市相比，但当俯身去触碰泥土和花蕊、抬头仰望蓝天白云和繁星满天、为老百姓排忧解难实现满心壮志、收获一个又一个淳朴欣慰的笑脸时，精神层面的富足丰盈胜过一切，这些来自心灵的慰藉和成就感远比物质生活更能触碰我们心底、充盈我们的精神、锻造我们的品格。这样的我一定会为自己骄傲和自豪。扎根基层，服务“三农”，树立服务意识在路上！

扎根基层，服务“三农”，真挚的家国情怀是关键。人们常常提到家国情怀，那什么是选调生的家国情怀呢？“家是最小国，国是千万家。”家国密不可分，中国传统儒家文化，讲究修身、治国、平天下。对学生而言，这就要求我们将自己的理想与家庭、学校、国家的责任和使命相统一；而作为一名选调生，农村是最大的舞台，能让自己去沉淀，去培养自己的家国情怀。梁启超先生曾说过：“知责任者，大丈夫之始也；行责任者，大丈夫之终也。”无数普通人以国家之任为任，以百姓之心为心。他们为国家和民族忠诚守望、为国家和民族勇于担当：有带领村民在恶劣环境中战天斗地、劈山凿渠，守望一方的黄大发式的村干部；有放弃百万年薪归国建设新农村的“耶鲁村官”秦玥飞……这些都是值得学习的榜样。而我要做的是将自己与母校、国家联系起来，在今后工作中，树立家国情怀，时时刻刻为母校，时时刻刻为农村，时时刻刻为国家尽自己的绵薄之力。

党的十九大报告对国家发展做出新的历史定位：中国特色社会主义进入了新时代。我们比历史上任何时期都更接近中华民族伟大复兴的目标，中国正前所未有地走向世界舞台的中央，作为肩负乡村振兴和解民生之多艰的中国农业大学毕业生，我们必然要将个人融入农村、农业的发展之中，这是我们的家国情怀最重要的体现。扎根基层，服务“三农”，培养家国情怀在路上！

（曹天一）

我的就业路

尹桂起

尹桂起，男，共青团员，黑龙江佳木斯人，中国农业大学理学院工程力学专业2018级本科毕业生。在校期间担任工力141班宣传委员。毕业后拟赴西藏自治区拉萨市担任中学教师。

你最想做什么？是呀，我最想做什么，想来想去也想不出答案，便对自己说先按部就班走下去，脚踏实地，专心做好当下能做的事情。

长路漫漫话考研

从学科来看，工程力学是一个基础科目，有很大的进步空间，读研是一个比较好的选择，于是我开展了一次考研备战。

最初，我制作了一个完整的时间表，精确到每一分钟，也按照这个时间表执行了一段时间，渐渐发现自己很疲惫。一方面知识记忆效率变低了，时间表的执行力度也下降了，人很疲惫，复习的知识量也变少了。另一方面身心放松成了迫切需求，然而放松却破坏了知识的连贯性，让完整的复习计划出现了漏洞。

那时的我陷入了矛盾的状态，一边需要休息，一边又不能落下知识，原本紧张的神经更加绷紧。一个人可以走得很快，但不是每个人都能承受孤独。室友之间的鼓励，家人朋友的关心，内心中渴望超越他人、超越自己的决心，成为支持自己继续坚持复习下去的动力。

抱着不抛弃不放弃的心态，我最终和周围人一起走进考场，没有中途放弃，在一定程度上来说，已经是胜利了。在这短短几个月却又看似漫长的考研之路上我学到更多的是逆境中成长，孤独中团结。考研的结果对我来说，已经没有那么重要，我得到的远比失去的要多。

甘做人民好公仆

只在一条路上跑到黑，很容易撞得头破血流。就业也是这样，在没有最终确定之前，谁也不知道自己会做什么。

考研后期，我偶然看到家乡黑龙江基层公务员招募信息，当时满心想着自己可以结合本专业的知识，服务广大农民，发展家乡农业。这个想法一出现，我整个人都充满了力量，在复习考研的同时，还开展了公务员考试相关书籍知识的学习。

公务员考试更多考察一个人的综合能力，对待问题能否随机应变，灵活处理，思考问题也要全面，不能只考虑一点。毕竟，工作以后面对的不是冷冰冰的机器和符号，而是活生生的人，个体都是不同的，要更好地为人民服务，就要有过硬的综合素质。

说起来，去当公务员，也真的是脑子一热，没有任何其他想法，就很单纯，单纯到连基本条件都没有符合就去报名了。当我得知自己不符合条件时，心理上有很大的失落感，但更多的是放下了一个担子，少了一份责任。想做一个人民公仆，要一心为民，把人民的事情放在前面，只有人民满意了，你才是一个合格的公仆。

千里之外送知识

经历了考研未被录取、公务员不符合条件后，对自己重新进行审视，我找出了自己的缺点和不足，同时也发现了自己的闪光点。我突然冒出一个大胆的想法——去西部！对，我要去西部，去西藏，去世界屋脊，瞧一瞧不一样的地方。

有了这个想法以后，我开始寻找与西藏相关的职业，学院的老师给我提供了一条很有诱惑力的消息，就是西藏地区的选调生选聘，大概我又可以去做人民公仆了。

在深入了解以后，我发现那里不仅需要公务员，还需要教育人才。百年大计，教育为先，虽然自认为不是一个人才，但是在对知识的理解上，应该还是有自己的见解，把自己有的知识再传递给其他人，做一个老师也不错。

我把这个想法和家里沟通以后，父母第一反应是当老师好呀，第二反应就是太远了！好在父母都很开明，也表示支持我的选择，母亲将自己多年的教学经验灌输给我，让我更加深刻体会到做一个老师不仅仅是把知识传递给学生，更重要的是培养学生优秀的品德。结合自己多年来的学习心得，很容易就理解了母亲的话，既然选择了这个职业，就要做到最好，不能舍本逐末，育才先育德，德才兼备的才是真正的人才。

经过了笔试、面试，终于在紧张的等待中收获了好消息。这一次我可以施展抱负，把知识带给更多人，也能将西藏的变化传递给更多人。

择业或深造，是每一个大学生避不开的问题，影响选择的因素有很多，可能是家庭的因素、环境的因素或者是个人的因素。我的思想经历了这样转变：深造，能让我专心于科研，用科技的力量改变生活；人民公仆，服务大众，一心为民；教师，言传身教，奉献自己，培养更多的人才。

这些转变也让我更加坚定了一件事，那就是选择了就要做好，踏踏实实做好。同时，也有了一些小小感悟，无论选择什么样的职业，身在何方，都应该有这样一个信念：我能带来什么，而不是我能得到什么。有了这样的信念，才不会困惑、畏缩不前。做人要有“野心”，要为社会的建设贡献力量，让生活变得更好。职业不分高低，踏实做好每一件事，你就是伟大的。

（尹桂起）

扎根基层，学以致用

李明馨

李明馨，男，中共预备党员，北京人，中国农业大学人文与发展学院农村与区域发展2018届硕士毕业生。本科期间曾担任中国农业大学群曦国乐社社长、校民乐团副团长、社会121班班长。毕业后考入广西定向选调生，拟任职于北海市党员干部现代远程教育管理办公室。

2012年我以艺术特长生的身份考入中国农业大学，本科就读于人文与发展学院社会学系，研究生就读于人文与发展学院农村与区域发展系。在校期间，我刻苦学习，发挥自己的特长，为农大民乐团增光添彩，课余时间，还教同学们吹笛子，组建群曦国乐社，社团成立5年，现在已经成为学校的十佳社团之一。农大6年的学习、生活时光十分幸福，不仅在知识上充实自己，也让我在生活上动力满满。

作为一个北京人，我从享受的城市生活到现在援助边疆、扎根农村，为党的事业和人民的幸福出力，是农大人和农大情改变了我。平日里，我跟随导师和同学们下乡调研，感受到了农村生活的不易，这让我内心惴惴不安，也让我萌生了学以致用、学以报国的想法。在这之后，我不仅认真钻研学术，了解国内外农业、农村的知识，而且积极向党组织靠拢，争取能够在毕业之后去到边疆工作，为建设祖国而工作。

考上了广西定向选调生，这离不开导师对我的指点，家人对我的理解，朋友对我的鼓励，更重要的是我自己的努力。成为预备党员以后，我不仅对自己的要求更加严格，还会经常阅读马克思主义的书籍，体会马克思的思想，以马克思主义哲学要求自己的行为，这对我来说意义很重，以后的工作中更需要用马克思主义思想武装自己、要求自己，为共产主义事业而奋斗终生。

融入方能有为

雁过留声，人过留名。在农大学习生活的 6 年时间让我万分留恋。因为真心付出过，因为爱得太深沉。组建群曦国乐社，一开始只身建立社团，虽然不被同学们看好，但是通过自己的努力，义务地教学，参加学校大小演出，打造社团的知名度，培养出了许许多多的民族音乐爱好者，也培养出了一届又一届群曦国乐社的传承人，到现在他们仍然为此而努力，让社团越来越好。这 6 年也是我为社团努力工作的 6 年，我觉得建立国乐社，以此传承中华民族传统文化，精神上感到十分满足。同时，在工作之中更锻炼了我自己的能力，得到了老师和同学们的认可，交到了知心的朋友，这或许是我一生中最美好的回忆。

学习赢得机会

解民生之多艰，育天下之英才。我在农大的 6 年学习时光中，随导师出去调研很多次，每一次都让我印象深刻，犹如发生在昨天。每一次调研都深入基层农村，与农民同吃同住，这不仅让我学到了书本上的知识，更让我体会到农民生活的艰辛与困难，对我的影响很大。每次调研我都要写出调研的心得体会与实践报告，对我的学习能力提高很有帮助。在与导师的交流过程中，我感受到了她对农村的爱，以及对中国未来发展的关心，可以说，我在农大感受最深的不是当下学习的收获，而是收获的知识要学以致用，为日后的工作打下基础。

真情获得回报

到了研究生的最后一年，也是我在农大的最后一段时间。通过导师的帮助、家长的建议、同学的鼓励，我尝试着考取广西定向选调生的工作。经过笔试与面试，我把我未来的想法与广西来的师兄师姐们交流，得到了大家的肯定。最终我考入了广西定向选调生，我在填写志愿时，填报了乡镇岗位，决定去基层锻炼自己。虽然最后没有被分到乡镇岗位，但我在身心上已经准备好到最基层的部门工作，时刻准备着在未来的某一天去到基层，服务人民。

从北京到广西，虽然我离家愈发遥远，但我离梦想却更近了。我感谢导师对我一直以来不遗余力的帮助，感谢父母对我的培养并且支持我的选择，感谢朋友们对我的鼓励。最后，我要感谢农大对我的栽培，在这里我不仅遇到了好的老师、同学，更让我找到了自己的理想，也将会为此奋斗终生。

（李明馨）

对于“何为发展”的求索

张　璐

张璐，女，共青团员，河南洛阳人，中国农业大学人文与发展学院农村区域发展专业 2018 届本科毕业生。在校期间担任发展 141 班长，曾获得北京市“三好学生”、中国农业大学“三好学生”“优秀学生干部”“优秀毕业生”等荣誉称号和国家奖学金、中国农业大学校长奖学金、学习一等奖学金、先正达农业奖学金。毕业后将赴美国攻读约翰·霍普金斯大学硕士研究生。

我曾无数次幻想在大四的6月我将会以怎样一种激动和轻松的心情迎接即将到来的毕业典礼，没想到此刻的心情却是非常平静甚至倍感压力的。原以为大学四年的时间会是很漫长的，没想到竟在弹指一挥间过去了，过去的各种欢笑、泪水和彩色的记忆留在了寒暑假探访过的田野间，平日里自习的一教里。四年过去，我仍然坚持当初的梦想，通过自己的努力将每一年想要实现的目标逐一实现。不同的是我从懵懂到关注自己再到关注别人、关注我所处的世界，并坚定了信念要让世界变得更好——我想这是农大给予我的最宝贵的财富。

思考方向

初入农大，我所在的人文与发展学院发展管理系的所有学生或许都对“何为发展”这一问题充满疑问，并迫切想要寻找问题的答案。作为一个较早确定了要出国的人，我出国的目的非常明确：第一，我想要更了解我的祖国——中国，站在不同的立场、视角观看和思考；第二，我想要在研究生阶段接受更为严格的学术训练，并带回学成的理论、方法加入建设国家的大军之中。确定了要出国的基本方向，同时探索“何为发展”构成了我大学阶段的两大基本主题。

从扶贫实践中寻找答案

从大一的寒假开始，我几乎每年的寒暑假都会造访一个田野。从最初跟随农学院胡跃高老师团队，“误打误撞”进入了扶贫这一领域，到后来主动带队领导农大和清华大学联合暑期实践小队下乡调研，再到跟随刘林等老师的精准扶贫退出第三方评估团队做了某市下辖五个县一千多户农户的评估调查，四年间我的足迹遍布河北张家口、河南三门峡、四川广元、云南德钦等地的贫困乡村，也在其中充当了评估抽样员、问卷调研员、研究者等多重角色。在各地的实践中，我深感贫困问题的复杂性。再到后来，每到达一个地方，我的角色更像一个学习者，向乡亲们学习、向当地的官员学习他们所拥有的乡土知识和解决基层实际问题的智慧。下乡教会了我倾听和尊重，以及运用当地的智慧解决问题的手段。

大三暑假的非洲之旅再次拓宽了我的视野，对我最后研究深造方向的确定起到了决定性的作用。我的研究主题是“美国和中国对非洲援助的比较研究”，研究团队拜访了从农业部，到省、县、乡、村的每一级政府部门和农业主管官员，拜访了中国、美国驻坦桑尼亚大使馆，拜访了在坦桑的中坦农业技术示范中心和剑麻农场，同时，在村里针对村民开展了关于中美援助项目的访谈。中美两国的援助和扶贫手段各有长处，并且都对促进当地的发展起到了促进作用。从援助项目来看，我国更为注重基础设施建设、对于生产部门的投资、技术和人才的交流，中非发展合作还有很大的提升空间。与此同时，非洲这片虽然当前落后于全世界国际化进程的大洲，以其蓬勃的生命力和独特的创造力感染着我，在这片土地上时刻都能感受到变化。

冲刺阶段的实习与申请

大四整个上学期，我都在实习、申请和对自己的追问中度过。半年中我从联合国世界粮食署，跑到了比尔·梅琳达盖茨基金会。在这两个实习机构中，我遇到了更多志同道合的小伙伴和一些非常优秀的人，他们对我的影响极为深刻。这些人都毕业于传统意义上的“名校”——清华、北大、牛津、斯坦福等，他们选择了在这样的国际间政府组织或非政府组织工作，完全是出于对工作的热爱，他们享受并乐于推动社会的变革。

在联合国实习期间，我参与了粮食署对朝鲜导弹危机的处理，与同事们畅聊朝鲜半岛的风云变幻；在盖茨基金会实习期间，我参与了将中国的抗疟经验、粮食增产经验介绍到非洲两大项目。最终我发现了自己喜欢并想要从事一辈子的工作——成为一名国际发展领域专家。一方面，将中国这类新兴援助国的发展经验介绍到向非洲这样的欠发达地区去；另一方面，结合此前在坦桑尼亚的研究与实习经历，我想要参与中国国际发展合作体系的建立。就在前不久，“中国国家发展合作署”成立的消息振奋人心，这正是我将要为之追求的目标。当前中国的发展援助体系尚未完善，法律法规、援助方法、评估方法、人才储备与培养等各个环节都缺乏相应的专业人士，而这将是未来中国在世界范围内站稳脚跟的一大利器。

在申请季，我放弃了保研的资格，依旧按照自己的步伐开始了艰难辛苦的申请过程。在申请选校的过程中，我将申请的重点放在了国际关系和公共政策两个主要的方向，并在申请的10所学校中获得了6所学校的offer，累计获得了校方提供的20余万元人民币奖学金。最终，我在这些学校中选择了位于美国政治中心华盛顿特区的约翰·霍普金斯大学尼采高级国际研究院，继续攻读国际关系与发展研究领域硕士学位。

何为发展

我相信，每一位“发展人”对于发展都有着自己的定义。经历了四年看似漫长却也飞逝即过的求索，我得出了自己的答案。国际发展作为一种国际领域内帮助发展中国家摆脱贫困等发展问题的手段，同时也是一种国与国之间的外交工具。我希望这个工具能够最大化地发挥其作用，让世界变得更好。不论是站在中国的农村，还是非洲的田野，我都怀着深沉的感情，希望我的祖国——中国能够探索出一条属于她自己的（而非西方宣称的唯一的）发展道路，并以此为榜样，鼓励引导其他还在求索之路上的广大国家寻找一条适合自己民族的崛起之路，并乐于向世界分享自己的经验和知识。本科的学习暂告段落，下一阶段的学习生涯即将开启，初心依旧，我期待着下一阶段的探索。

（张　璐）

成 长

在新时代的阳光照耀下前进。

越努力，越幸运

王兴卫

王兴卫，男，共青团员，四川达州人，中国农业大学农学院农学专业2018届本科毕业生。在校期间曾担任班级学习委员、校学生会权益部副部长，农学院种业菁英班第二届学员，曾赴台湾中兴大学交换学习。毕业后将赴北京大学生命科学学院攻读研究生学位。

有的人总说“我就是运气差了点”，其实，你差的不是运气，而是努力。

从小到大，我一直相信“越努力，越幸运”，这就是我能够取得保送研究生的名额，被北京大学生命科学院录取直接攻读博士学位的原因。

在别人看来我能够保送到北京大学是幸运的，因为我前三年的平均学分绩点在本专业不是TOP3，甚至不是TOP10，但是我深知这是个人努力最终取得的回报。我家在四川山区的一个普通农村，从小学到高中就没走出过包裹着自己的大山，可以说是一个没见过世面的人。我家所在的县是全国贫困县之一，我就读的县重点高中，在我高考那年只有不到6%的人能够进入一本大学，能够考上“985”重点大学的人更是少之又少，考上北京大学或者清华大学的人更是十年难有一个。所以，能够来到中国农业大学，与城市长大的同学相比，我需要付出更多的汗水与时间。

中学努力的回报便是让我跨入了重点大学的校门，但是大一开学的时候，英语分级考试第一次让我受挫。这次考试，让我认识到自己的英语是多么匮乏，尤其是听与说的能力，高中的时候我们不仅没有听力，对英语的认识也仅仅是为了考试而已。意识到英语作为未来自己发展的一项不可或缺的能力之后，我充分利用课余时间，自己练习英语的听说读写能力。同时，我还修读了两门外教的选修课（全英文授课）和 3 门专业英语课，最终取得了四级 573 分与六级 550 分的成绩。也许别人会觉得这分数也不是很高，但是对我来说确实是巨大的进步。我不止步于此，为了进一步提升自己的英语水平，我还自学托福，并且报名参加考试。尽管一战成绩未上 90 分，但我明显感觉到词汇量大大增加了。为了提高阅读英文文献的能力，我又自学 GRE。当大一大二拼命学习英语的时候，我并没有想到这会对后来保研到北大有这么大的帮助。部分同学在大三下学期申请夏令营的时候由于六级成绩分数不够而在审核材料的时候被拒了，而我通过了。翻译英文文献这一关，由于我上过的专业英语课都有所涉及，面试对我是游刃有余，最终给面试老师留下了不错的印象。我很幸运能在大二的时候取得了六级 550 分的成绩，我也很幸运能在专业英语课上接触到那么多平时见不到的词汇，但是这些幸运都源于我最初的努力与积累，没有努力，好运是不会伴随我的。

除了保研之外，努力学习英语还帮助我获得了去台湾交换学习的机会。大三上学期，我作为交换生被派往台湾中兴大学学习。在正式确定前，报名交换的同学需要经过面试筛选，其中一项指标就是英语成绩，所以平时的努力再次为我带来了好运，让我能够走到大陆以外的地区学习。作为一名从农村出来的学生，我从来没有想过自己竟然还能有这样的交换学习机会，是高中的努力我才能进入到一所资源丰富的重点大学，是大学的努力我才能充分实现自我发展。同时，正是因为这次去台湾交换学习，我才能认识优秀的学长学姐，并且获得他们宝贵的经验与建议，这为自己后来保研过程中的材料准备以及面试提供了巨大的帮助。除此之外，这次交换学习经历本身也帮助我在夏令营面试时获得了老师的青睐，让我在台湾问题上能够自如地与老师们谈笑风生。

“越努力，越幸运”同样在我的科研经历上得到了验证。众所周知，除了 GPA 与英语成绩、个人经历之外，科研经历也是保研时老师非常看重的一点。我在本科期间科研经历不算丰富，只参加过一个本科生科研训练（URP）项目，并且没有突出成果，这对我来说是一个劣势。但是，我仔细梳理了 URP 项目前因后果，彻底搞懂了每一个步骤的详细操作和原理，同样是重复性的提取 DNA、PCR 或者跑胶等实验，我却比别人懂得更多。在面试的时候，其中一个老师就针对实验的某个操作进行提问，这恰恰是我平时早已梳理好的内容，所以我将操作的具体方法和操作的前因后果进行了详细阐述，回答让老师非常满意。如果没有平时的踏实与努力，可能会回答得一团糟。世界上没有那么多 lucky dog 能够走好运被问到自己提前准备的问题，正是因为平时的积累和努力，才让我能够从容不迫对答如流。

一路走来，细细回想，似乎幸运之神总是眷顾着我，但是每件事情的发生却似乎总是环环相扣，有因有果。幸运之神不会突然眷顾某一个人，除非他有足够的积累、有足够的努力。我相信，炙热的手总会拥抱到梦想，努力的人一定会更加幸运！

（王兴卫）

做好当下，方能把握未来

贺腾飞

贺腾飞，男，中共党员，河南柘城人，中国农业大学动物科学技术学院动物科学专业2018届本科毕业生。在校期间曾担任动科2014级、2015级联合党支部书记，学院学生会外联部部长，动科171班班级辅导员。获北京市“优秀毕业生”、中国农业大学“优秀学生党员”等荣誉称号。毕业后攻读中国农业大学硕士研究生。

前些日子有幸参加了动物科学技术学院外籍兼职教授 Kim 老师的交流咨询活动，活动主要是针对学业和未来人生规划开展的。Kim 老师问我们“十年或二十年以后你觉得自己应该在哪里，做着什么工作？”Kim 老师告诉大家：“人应该有自己的目标，然后你就可以朝着目标前进。哪怕你的目标后来会变化，但没关系，保持前进，会让你更加接近每个目标。”这句话对我有很大的触动，特别是后半句。我们可能还没有确定出一个宏远的人生目标，但我们需要的是做好当下，实现自己的一个个小目标，这样才能在未来遇到机遇的时候，有能力把握好它。

大学四年时光如白驹过隙，记得刚来北京的时候，还很懵懂和迷茫。第一次坐火车、第一次坐地铁、第一次一个人到离家这么远的陌生城市……就这样带着一丝新奇，带着一丝慌张开始了自己四年的大学时光。大一是本科四年中至关重要的一年，之后很多方面的发展都与大一时所做的选择密切相关。当时的我告诉自己，应当尽快熟悉周围的一切，尽快适应大学生活。很庆幸遇到了一群很好的人，通过班主任、辅导员和接触到的学长学姐们我收获了很多，也尽快给自己有了一个简单的规划，他们告诉我作为大学生，至少应该做好以下两点：一是认真学习，二是锻炼自己人际交往能力。四年来我一直牢记这两点，努力做好自己。

虽然当时的我对于自己毕业以后想要从事的工作还没有一个较为清晰的认知，但有一句话我很喜欢："当你的才华配不上梦想的时候，你应该静下心来学习。"不过努力学习也是一个太过宏观的概念，我所能做的，也就是先给自己定一个小目标——上好每一门课，认真准备每一篇论文、每一次汇报、每一场考试。

说到保研，我还想分享一下我女朋友的保研过程。她刚进大学时的想法与我很不相同，一心想着以后要考研，却似乎忘记了还有保研这样一条路可以走，所以她的成绩也就没有达到保送的要求。大二时我们报名了学院为"全国首届动科技能大赛"的选拔与培训，这对她而言可以说是一个里程碑式的转变。这场比赛让她学会了努力争取、不轻言放弃。赛前经历了三次选拔筛选，每一次都付出了很大的努力的心血。我们也曾不止一次怀疑自己，但幸运的是即使很累、压力很大我们也都咬牙坚持了下来。最终我们都获得去广州参赛的资格，并获得了团体一等奖。阴差阳错，这场比赛的意义不止于此。后来学院首次有了新的"试点保研"政策，获得国家级比赛奖项的她因此有了"试点保研"报名资格。随后经过一段时间的认真准备，最终她通过选拔获得了保研名额。事后每次回忆起这段经历，我们总会感慨良多。当时参赛前竞争较大，也很累，但好在最终能够坚持了下来。我们意识到，你曾经的一个小目标或小成就，终究会成为你以后的垫脚石，它会帮助你把握住突然出现的机遇，让你更进一步。

大学四年间我担任过很多学生工作的职务，包括班级团支书、院学生会外联部部长、党支部书记等。学生工作给了我很多的锻炼，让我了解了不同事情的运作方式，也认识了很多志同道合的朋友。说到学生工作，其中让我感触最多的就是我在党支部的经历。

大一上学期我便自荐成为班级第一批入党积极分子，之后也成为年级第一批党员发展对象，进而发展为预备党员。大二时，我有机会向来学院检查“两学一做”工作情况的督导组展示学生讲党课。那次我准备了很久，练习了很多遍，最终比较圆满地完成了任务。之后学院辅导员建议我录制微党课视频去参与北京高校“两学一做”专题精品党课、微党课的征集活动。我欣然答应，满怀着热爱与激情录制了自己很喜欢的《党章》中党的纪律性部分微党课。当时心里只有一个想法就是要既然要做，就做到最好，一次次修改、一次次练习、一次次试讲……功夫不负有心人，最终获得了北京市三等奖的好成绩。再之后我竞选为党支部书记，还加入了青马协会，参加了学校党员骨干培训班等。就这样一步一步，我接触到的、学到的东西越来越多，思想也更加成熟。在担任党支部书记期间，我仍然注意把整体的工作任务进行分割细化，一件件逐一完成，从“两学一做”思维导图的制作到“欧阳恒先生的读书交流会”“红色 1 + 1 活动”“党员责任区”等，一件件工作认真组织下来，收获了很多很多。

在担任党支部书记的这一年，我还迎来了人生中很重要的一段经历，参加了“优秀学生干部国际交流”项目，成为受全额资助去欧洲短期交流学习的三名学生干部之一。这也很好地印证了我一直深信不疑的——你所有的坚持、努力和付出，终究会回报于你，即使你最初在做这件事情的时候并没有过多的想法。之后的学习交流过程中，我们三人共同努力，从出国前的各项准备，到途中的跟进与反馈，到最后的展示与汇报，每一项工作我们都付出加倍的精力去认真完成，最终该项目圆满完成。

永远不要认为你现在所做的努力可能是徒劳无功，因为你永远不会知道，它会在哪一天，以何种方式回报给你。当我们还没有确定出一个远大目标时，我们所要做的就是过好当下的每一天，完成好每一件小事，这些你现在的努力终会助力你把握住未来的机会。

（贺腾飞）

愿努力过后，便是从容

马一畅

马一畅，女，中共党员，天津人，中国农业大学动物科学技术学院畜牧生物工程专业2018届硕士毕业生。本科期间曾担任动科学院分团委副书记，硕士期间曾担任动物营养综合党支部书记。毕业后拟任职于北京大鸿恒丰牧业科技有限公司。

时光匆匆，研究生的生活即将结束，对校园生活也要说再见了。刚入学时的场景还历历在目，当时的懵懂迷茫，又怎会预见六年后的收获满满。回首过去，心中充满感恩，我很幸运，遇到了良师与益友，收获了友情与爱情，找到了喜欢并愿意坚持下去的专业。我感恩在中国农业大学遇到的所有人、所有事，才使我在各个方面得到迅速地成长。

还记得刚来农大的时候，经历高考过后对大学生活满怀憧憬。然而，随着对动物科学专业的了解，才发现一切并非想象中的模样，畜牧场的气味、饲草料与猪牛羊，这才是我们要经常面对的环境。同时，也得到一个消息，农大为学生提供自由的转专业政策，我们有机会选择其他专业。为了抓住这个机会，我开始努力学习，图书馆、教室、寝室三点一线，并在大一上学期以优异成绩获得了第一次自主选择的权利——转专业。但是，在最终的面试环节，老师问了我们这样一个问题：同学们，转专业后就要面临补课，接下来有很长时间你们不会有周末、不会有自己的时间，你们是否已做好准备，现在要转的专业是不是喜欢并愿意坚持的？当时的我，纠结再三，做出放弃转专业的决定。虽然那时，并不确定这个选择是否正确，但我暗下决心，既然做出选择就要坚定不移，既然选择动物科学，那就为之努力一下，至少不留遗憾。如今，我很庆幸当初的选择，因为动物科学让我收获了许多更为宝贵的东西。也许很多人也会经历同样的迷茫，初入学校，即使没有明确的目标也没关系，那就从自己的专业开始喜欢吧，只要努力时间会给我们答案。

邂逅畜牧生物工程之前，我是犹豫的。虽然本科期间取得优异成绩，获得许多荣誉，得到很多锻炼，并具备保研资格，但是我却不知道下一阶段该选择什么专业继续深造。偶然的机会，我了解到畜牧环境研究室的研究方向是畜舍环境调控与畜牧场设计，内心突然变得坚定，这就是我想继续学习的专业。一直心怀感恩，能遇到喜欢的专业实属不易，因此倍感珍惜。为了提高专业技能、扩充相关知识，我加倍努力，反复学习推算畜群结构、翻阅建筑相关书籍、积极参与实验室多个项目、认真完成毕业设计试验……一项项工作太过紧凑，每当周末还在实验室加班的时候，也会羡慕、会抱怨，甚至会哭着和朋友诉苦说不知道到底在坚持些什么，不知道这样值不值得。时间总会给出答案，后来的我收获了专业知识、锻炼了多项技能、获得了国家奖学金并得到一份满意的工作，我开始庆幸当初的坚持与努力。成长就是不断地挣扎与折腾，不论遇到何事，与其自怨自艾，不如勤奋踏实地一点一点做下去。

关于实验，有一些感受同大家分享。毕设试验是每个硕士研究生都必须独立完成的一件事情，我的试验是在江西高安肉牛试验站完成的，七八月是江西最热的时候，也是试验开展的时候。首先，如果试验需要安装设备、购买饲料、药物等，暑假前一个月就将合同、钱款等事宜完成是比较适宜的时期，因为假期的原因，钱款到账较慢，到时会影响试验进度，关于这些我曾有过亲身体会；其次，要有吃苦耐劳的精神，大多的试验环境都是艰苦的，饮食、生活习惯等可能完全不同，试验期间也要与牛近距离接触，这是我们的工作，与其抗拒不前不如欣然接受；最后，要有一颗强大的心脏，后来与同学们交流，发现试验开展期间总会出各种各样的问题，这些问题往往只有在亲身实践的时候才会发现。这时候就需要我们发现问题解决问题，不是所有的实际情况都与理论相符，学会克服困难，等试验完成时，每个人都会收获满满。

关于面试，当时与用人单位负责人交谈的场景，仍历历在目。在具备沉着冷静的心理状态的同时大脑要开始飞速运转，认真仔细听对方在讲些什么，需要你发表哪些看法。记得当时对方问了这样一个问题：对于畜舍内环境控制，你是怎样考虑的？思考片刻，我回答：现如今我国的畜舍设计与环境调控，通风是有待继续探究的一个重要因素。因此，我们不仅要关注国内的通风调控研究，更要关注国外相关方面的信息，充分借鉴国外好的通风方案，在此基础上制定符合我国各地区的畜舍通风措施，这样更能提高效率。此外，还聊了一些关于本专业其他方面的知识，这就要求面试之前我们要有充分的准备，努力回想导师给予的专业知识，沉着冷静地回答相关问题，谦虚地发表自身的观点看法。而这些知识与观点，均来自曾经做过的一项项工作，那一刻才明白学习生活没有不劳而获。

6 月是分别的时刻，也是收获的时刻。分享导师经常告诫我们的一句话：做事要努力，做人要宽容。时间飞快，生活没有捷径，希望我们努力过后，便能从容不迫。

（马一畅）

朝前看，向上走

靳一丹

靳一丹，女，中共预备党员，江西九江人，中国农业大学动物科学技术学院草业科学专业 2018 届本科毕业生。在校期间曾任班级文体委员、团支书，学院记者站副站长，草业 171 班级辅导员。毕业后拟攻读北京大学硕士研究生。

我叫靳一丹，谈起我的大学生活，那可以说是比较丰富了，2014 年入校以来，我在学习、工作、科研、思想和课外活动方面都收获颇丰，毕业之际，有许多经验和感慨想与学弟学妹们分享，愿对大家有所帮助。

学习篇

“读万卷书，行万里路”，关于我，我想先从我的学习说起。我的学习成绩不错，三年总 GPA 和综合测评排名均为专业第一，并连续三年获得国家奖学金和校级“三好学生”荣誉称号。虽然大学的成绩在本专业名列前茅，但实际上我在这几年的学习生活中并不是一帆风顺。我想以自己的亲身经历为例，通过在学习中出现的两类致命问题给大家一个警示。

2014 年我踏入中国农业大学的校门，第一感受是大学带给我的新奇和自由。我相信每个人进入一个新的环境时都会有点小兴奋，在大一上学期的时候我更热衷于加入社团、参加课外活动，而并不是特别注重学习。别误会，我从不旷课，也认真完成作业，课程成绩也不差，但也仅限于此了。除了必修课，在大一上学期我没有选修任何一门课，在课余时间也只是看看电视剧、玩玩游戏打发时间，这直接导致了接下来的几年内可用时间严重缩水，甚至在某个学期课程压力特别大，实际上这是新生很容易出现的一个问题——懈怠性。懈怠，不仅是对学习的懈怠，从更长远的角度来看，实际上就是对自己未来的一种不负责任的态度，对于这个问题我认为最好的解决方法就是找到自己的目标。以我为例，我是在大二下学期的时候才确定目标，当时一棒打醒我的是一次嘉吉奖学金申请失败的经历。我没有对这次失败的体验感到丢脸，而是十分庆幸，是它让我第一次有了要好好规划自己未来的想法。我花了几乎整整半年的时间去完成这个规划：通过保研进入北大，读研期间出国交流或在外攻读博士学位，成为一名大学老师。有了清晰的目标后，学习动力、学习方向就都不是问题了，我在大二结束后的暑假和大三上期间通过查阅大量资料筛选出几所高校和科研院所，并收集了这些机构中我感兴趣的老师的大量信息，并就他们的研究方向开始自学一些知识，还花费大半年时间自学了 GIS 和 MATLAB 软件使用。在大三下学期的时候初步接触了这些老师后，我大概确定了自己的方向，并开始阅读大量该方向的中英文文献，恶补在过去没有学精的知识，这些都是为了 9 月份的保研复试所做的准备，可能是由于我做的准备工作比较充分，所以这次跨专业保研成功了！举这个例子是希望大家能明白提前规划的重要性，临时抱佛脚可能对考试有点作用，但绝不要以它赌未来！

刚刚只讲了一个大学生懈怠性的问题，接下来是第二个问题——自负。这也是我的亲身经历，在大三上学期的时候，由于我前两年的成绩都不错，渐渐地我在某些课堂上并不再是认真听讲，总觉得自己能搞定课程，最后的结果在我的意料之外也是情理之中。那些我没有认真对待的课程，其分数都不高，甚至有的只有八十二三分，这直接导致了学期末测评时差点掉落榜首。在这里我希望通过这个教训告诉大家“人外有人，天外有天”，不要让由于自负犯下的失误成为今后日日悔恨的回忆。以上就是在学习方面我想向大家分享的内容，在 2017 年我作为动物科技学院小超人宣讲团的一员，也曾将上述的经验之谈分享给学院的学弟学妹们，现在在这里也希望能对更多人有一点点帮助。学习虽然重要，但在大学我们当然不能只埋头学习，因此接下来我想谈谈我的课余生活。

课余生活篇

我们都知道“人无完人”，虽然我们不需要成为一个完美的人，但一定要有全面发展的意识，因为谁也不知道自己踏入社会后哪一方面的技能会成为自己的制胜法宝。我的学生工作经历比较丰富，我曾任班级文体委员、院记者站副站长。在记者站工作的日子中，我共设计学院官网大图 10 余幅、给 100 余篇新闻供图，其间使我感触最大的就是从摄影部部长升职为副站长那一段时间了。升职后我管理着摄影部、办公室和活动部，在各种活动和任务中，我由一个执行者变成了号令者，在一开始我对这种身份的转变十分不适应，但我通过在各种各样的活动中不断学习他人的优点，最终培养了自己的领导能力和亲和力，在和其他工作伙伴的共同努力下，培养了一批优秀的新记者。

除了记者站，我还加入了校羽毛球队、自行车协会和院“牛百科”翻译组，并热情参与志愿服务，而这些课外经历是使我性格发生变化的直接原因。感谢羽毛球，让我有了一群拥有共同爱好的好队友、好伙伴，特别感谢 2016 年的“院际杯”给我带来了两个来自巴基斯坦的朋友，在比赛上我们互相鼓励，在生活上我们互相帮助，多亏了他们，我自身的英语口语在那一段时间也有了明显的提高。刚刚提到我还喜欢参与志愿服务，特别是支教类型的志愿服务，我的志愿服务总时长达 125 小时。在土井村爱心支教项目中，我认识了一个十一二岁的小女孩，从聊天中了解到她不仅家庭经济条件不好，还患有心脏病，不能剧烈运动，因此许多同龄人的活动她都不能参与。但通过几天的接触我发现女孩儿一直都很乐观，性格也很活泼，和周围的孩子们打成一片。这次支教的经历也给我上了宝贵的一课，我要乐观面对生活中遇到的挫折，一步一个脚印去完成自己的职业生涯规划，绝不向困难投降！

科研篇

开始提到了我在大三上学期的时候完成了自己的职业生涯规划，为了熟悉今后可能从事的行业，增加自己的实验室经验是必要的。同时，由于自己对科研的兴趣，我在 2016 年 11 月申报并主持了国家级大学生科技创新训练项目“国库陈玉米粉碎粒度和氧化变化的研究”，在 2018 年以第一作者的身份在《饲料工业》上发表《陈玉米粉碎粒度的研究》。由于之前没有实验室工作的经验，因此在科研训练的过程中我不可避免地遇到了一些问题，如检测结果不理想、实验器材操作和数据处理与分析的软件的操作不熟练。为了解决这些问题，我在实验之前花了约半年的时间去收集相关的文献资料，并虚心向师兄师姐学习仪器的使用，同时线上线下寻找书籍、教学视频，锻炼自己数据分析的能力。

在科研方面，我在中国农业大学和北京大学的实验室中学到的经验就是要多问、多查、多做。为了学习怎样使用液相色谱仪，我在一位热心师兄的帮助下去参观了一位正在使用该仪器做实验的留学生的实验过程，得到了他们的指导；为了学习如何进行 PCR 实验，我又联系了另外一位师兄，师兄边做实验边给我讲解荧光实时 PCR 的流程和原理，使我受益匪浅。在这里提一个小小的建议，若喜欢科研，那么不妨多找些机会早些进入实验室，因为科研技能的提升需要时间的积累，等一段时间后回首，你会惊喜地发现自己已经领先于大部分的同龄人了。

以上就是我的大学经历和人生规划，这些年我在自身素质、学习能力和科研技巧方面都得到了很大的提升，学会了许多为人处事的方法，锻炼了自己的胆识，也拓宽了自己的知识面。在这里我想向母校表示感谢，并希望自己的经历能激励大家用积极乐观的态度去学习、生活，昂首挺胸，“朝前看，向上走”，走出自己的精彩人生！

（靳一丹）

人生没有如果，愿你勇往直前

张洋中正

张洋中正，男，中共党员，新疆克拉玛依人，中国农业大学食品科学与营养工程学院专业2018届本科生。在校期间担任校学生会主席。毕业后拟任职于伊利集团北京分公司。

跌宕的人生，让自己可以思考得更多

大学四年以来，自己都是比较幸运的。不论是加入了学校学生会组织还是在学院学生会，都顺利进入了主席团；在班级里也担任过团支书；获得了一些证书和奖学金；入党也是同学们中的第一批。大学的前三年时光对我来说是快乐、无忧无虑的，在突然面临选择的时候，回想起那时候，也不禁会说一句“好后悔呀”。

大三下学期，想着可以保送研究生，并没有特别的关注其他毕业出路：其他学校的夏令营、就业的暑期实习、公务员考试的培训班、出国的英语考试准备。在暑假的时候，跟着学院先参加了一个月的小学期，之后放松自我进行了一场台湾自由行旅游，回到学校，开始忙碌起学生会的工作。对于自己未来的安排，此刻并没有特别上心。接下来的 9 月份是我人生中最为糟糕的一段时间。由于学校政策的改变，我并没有取得保研的资格，得到这个消息的时候，已经太晚了，很多可以通过支教或者思政保研的途径已经错过了，我发现自己没有学可以上了。朋友圈陆陆续续展示出同学们的保研去向，自己却因为没有学上，的确消极了一段时间。那段时间的确是不好过，不太想和大家交流，不太愿意与别人分享自己的难受，也不太想求助他人听听他人的意见。

我开始准备考研。备考是一个艰难的时期，每天的早起晚睡，还有一堆处理不完的学生工作，学习时间都是挤出来的。结果还是不尽如人意，失败了。

这几次的经历真的是对我21年人生最大的否定，我的人生仿佛开始迷茫了。我回顾现实，有些尴尬，这份尴尬是迷茫、是害怕，是自己的才华配不上自己的梦想，是付出的努力配不上自己的野心，是现实与生活的差距。但是在这一段的时间我开始反思自己的人生，开始思考自己未来。我的最初的梦想是什么，是否还记得来到农大食品学院的理想和目标，是不是自己已经随波逐流变成了普通众人的一员，像一个陀螺一般，日日夜夜地转着相同的轨迹，不曾改变，不曾再去追求一个独立的自己。慢慢地，我感觉自己开始改变了。我觉得，人生就是一场在物质和觉醒之间的斗争，20多岁的自己，应该不用去畏惧那些现实的压力，正是这些时候的折腾和年轻的冲动，才是人生觉醒的开始。就业的打算不一定不如深造，更早接触社会，会使你的人格独立得更早，会使你的人生和灵魂更早地走向自由。尴尬、丢脸、畏畏缩缩，这些才是我人生觉醒的开始。所有改变的动力一定是来自内心深处的。书上的心灵鸡汤，朋友的加油鼓励，长辈的谆谆教诲只能给自己建议，真正的想要活出自己的人生，想要解决人生的难题，还要靠自己的行动。

出发，下一站

找工作。在北京找工作，的确是件很打击人的事情。刚开始的时候，自己注册了很多的求职网站，每天都在关注招聘的信息。但是已经错过了秋招黄金期的我，很难找到一份自己满意的职位。给大家推荐几个网站："大学生求职网""高校人才网""应届生求职网"，还有学校的"CAU就业"微信公众号，这些都是比较符合应届毕业生的求职网站，都是面向应届生，没有那么多的工作经历的要求。应聘时要多多地和对方公司的人交流，询问一下情况，保持理性而又睿智的头脑，把自己推销出去。

不妥协，为自己的人生勇往直前

和伊利集团签了三方协议，我感到人生将要开始了一段新的路程。虽然这条路很艰辛，但是我回想起来，并没有偏离作为一个食品人的初衷。人生并没有什么如果，我们不能总是活在过去，现在的就业选择在我看来是合适的，因为我曾经为自己的人生奋斗过，将来还将继续奋斗。努力面对眼前的人生，勇敢地走下去。

未来的学弟学妹，我很喜欢一句话：既然选择缘分，便只顾风雨兼程。唯有勇敢地面对往后的人生，才是给予过去那个义无反顾的自己最好的礼物！

（张洋中正）

正视自我，迎风追梦

吕向盼

吕向盼，女，中共党员，贵州安顺人，中国农业大学工学院农业工程专业2018届本科毕业生。在校期间担任班级副班长，农工第二党支部宣传委员。毕业后拟任职于贵州省毕节市大方县委组织部。

一直以来，我都是一个特别没有自信的人，尤其害怕在“大场面”说话，这对一个即将要工作，需要面临很多面试的人来说无疑是最大缺点。虽然如此，我还是为自己想了很多就业选择，做好准备。

自进入大三后，我已经有了明确的工作方向，一心想要回到家乡贵州，希望能够在照顾父母的同时为家乡发展付出自己的一份力量。因此，如何成为一名选调生，一直是我的工作目标。目前我经历过两次选调生的考试与面试，一次失败，一次成功。在这个过程中，有自卑，也有信心；有胆怯，也有勇气；有付出，也有收获。对我来说，这是一段特别奇妙的经历，也让我渐渐正视自己，相信一切都是最好的安排，坦然面对，也坦然接受。

2018 年 4 月，第一次收到贵州省安顺市的面试通知，我特别期待，也特别紧张，提早了几天回家准备。其间咨询了许多的老师同学，找了很多面试问题和视频，也阅读了很多资料，做了很多笔记，自我介绍反复修改了七八遍，背得滚瓜烂熟，多次在同学们面前排练，总之，尽己所能去应对面试。在面试当天，虽然紧张，但一直在克服这种情绪，努力使自己表现得较为淡定。然而，当我进入到面试室后，瞬间变得拘束和慌张，三个面试题包括自我介绍和关于扶贫的情景类题目，但在整个面试过程中，我紧张得语无伦次，回答问题也不经思考。很显然，我没有通过这次面试，而且还是报考单位16人中的最后一名。刚得到这个消息的时候我特别怀疑自己，也感到自卑，直到现在也还没有告诉任何人是这种最差的结果，之后不想也不敢参加其他的面试，只能先回到学校等其他地方的消息。回到学校后，我才开始慢慢地反省自己，其实更多的，不是落选后的难过，而是准备了很多却没有发挥出来的遗憾。经历过第一次，有了经验，再不断地给自己树立信心，相信之后会有好的结果。

到了5月，收到了贵州省毕节市选调生的面试通知，时间恰好赶在了毕业论文第一次查重，而毕节市的选拔过程包括笔试、选岗和面试环节，所以并没有过多时间准备，仅翻看了上一次面试时做的笔记。但在这次面试中，我放松了心态，针对考官提问的每一个问题我都用心思考，在纸上列出序号和标签，有条理地全面地概述出来，尽量与每个考官都有眼神交流，礼貌地回答。比如这次问题中有提到“如何看待在基层就业和待遇好的企业就业，如果是你会怎么选择?”我并没有因为此次参加的是基层工作的面试，从而一味地阐述大学生应该有奉献精神，到基层锻炼并做出贡献，而是客观看待，不论在何职位，只要能够认真对待，爱岗敬业，都是一种奉献。这次的面试比想象中的要好很多，面试成绩相对也很不错，最终也成功入职。

在贵州备考选调生期间，为了锻炼自己，报名参加过两个公司的面试，一个有关于农业方面，一个有关于机械设计方面，公司问的问题通常与所学专业相关，但并不是很难，只是为了考验大家的专业基础如何，画图和动手能力怎么样，没有类似于选调生这种结构化面试的场景，整体氛围比较轻松。最重要的是摆正心态，认真思考，不要在自己专业领域出现大问题。

经过这两次的选调生面试，我觉得我的心态改变了很多，在讲台上说话也能够更加放开自己，更想要去表达自己的想法，所以，也许曾经觉得最困难最不可能做到的事，经历过各种事情，自己不断地突破，我相信之后我会慢慢地变得自信从容。我是一个认定了一件事就想要尽力去做到的人，所以并没有急于找其他的工作，即使第一次面试失败后很多人劝我多去公司看看，以免后续的选调生面试再次失败。虽然可以多锻炼自己，但我还是毅然地等着下一场的选调生面试。我觉得每个人都可以给自己定下目标工作，特别是自己喜欢的工作，只有这样，才会尽心尽力地去准备，才会更重视。每个人都有自己的选择，不论是到基层还是高薪企业，都有存在的价值，都值得尊重。

我一直在想，也许我第一次就成功的话，可能并没有特别多的感悟和转变，“失败是成功之母”确实很有道理，而我印象最深的也是这次失败的经历，心态真的很重要，学会正视自己，也正视结果，在以后的生活和工作中，我会一直牢记，吸取经验和教训，尽力做好每一件事，不忘初心，方得始终。

贵州省是国家的重点扶贫省份，当地很多地方还是极度贫困地区，我希望自己也能够出一份力，带动当地的贫困人民，脱贫攻坚，努力地实现2020年达到全面小康社会的目标，这是我作为一名大学生、一名党员的责任。

（吕向盼）

“在温和中坚持”——致我的四年

周佳琪

周佳琪，女，中共党员，河北石家庄人，中国农业大学园艺学院园艺专业2018届本科毕业生。在校期间曾担任四年班级学习委员、学院新闻中心记者、责任编辑，曾两次获得中国农业大学“三好学生”称号，获得学习优秀奖学金等。毕业后公派赴美国攻读加州大学戴维斯分校园艺专业硕士研究生。

谈起毕业，并没有很深的感慨，似乎这是一个老生常谈又很遥远的话题。大学四年的生活，没有高中时老师家长严苛的管束与督促，没有千钧一发的高考，没有并肩奋战的伙伴……因此每个人的四年风格迥异，结果如何只与心中期望与努力有关。

此刻的话题是“温和”与“坚持”，也正是我四年的真实写照。我的四年没有鸡飞狗跳的挂科，也没有出类拔萃的表彰；没有惊心动魄的爱情，也就没有撕心裂肺的失恋；没有惊天动地的挑战，也没有难以疏解的郁结。在时间的流逝中我慢慢成长，步入成熟，也经历了几个重要的阶段。

步入大学，逐渐适应

完成高考后，怀着一些小激动与期待步入大学。从未离开父母的照拂独自生活的我，并没有感到很多不适与孤独，而是迅速和舍友们彼此熟悉，互相为伴，谈笑生活。从小品学兼优被人称为“乖乖女”的我，继续自己最拿手的努力学习。此时的我并没有明确的目标，只是按时上课、考前复习。掌握新知识和被同学们请教问题的过程中，我慢慢找到了对于学习更多的乐趣与自信心。闲暇时在舍友的带动下我也接触了从未有过的集体活动、社团，有了不一样的体验。大一结束，我以全班第一的成绩在班会上交流学习经验，此时心中也逐步有了对自己的定位。回想大一是充实的吧，但却未曾想过未来，只想着开心过好每一天。在平静中，掌握生活的节奏，收获友情与更多的自信。

确立目标，不懈努力

我喜爱自己的专业，满足于掌握专业书本上的一节节知识，享受着实验技能逐渐娴熟的过程。某一天看到了学院官网上发表的世界农业大学排名，我为学校位列第四而自豪，同时也看到了位居前三的瓦赫宁根大学、康奈尔大学与加州大学戴维斯分校。从那时起，我萌生了出国读研的想法。准备出国可以说是我大学四年的主题了，从决定出国、准备语言成绩、联系学校、递交申请，路途中的每一步都走得坚实而不易。

从此生活有了新的目标和动力，我心中也默默记下了心仪的学校，给自己立下高高的 flag。语言考试是出国留学跨不过的话题，大一暑假我报名了新东方托福的培训，自此开始了漫长的辛酸经历。我的英语基础并不好，尤其是在应试教育下听力与口语最为薄弱。生活的节奏从此变得规律而紧张。逐渐习惯了成为宿舍中最早起、教室中第一个到的人，单词书与我形影不离，耳机中的英语贯穿在行走的路中，在图书馆与自习室中度过大部分时间。从第一次的 72 分到最后一次的 101 分，六次的托福考试没有侥幸与运气，有的只是汗水与泪水。

不紧不慢的性子让我享受着大学独立自由生活，拥有着大学生正常的娱乐与社交，我没有实现英语的突飞猛进，直到大三结束我仅仅考到了 79 分。曾记得那次分数出来，我走在宿舍楼后的小路，眼泪不可控地流下来，为每天清晨的朗读而哭，为每晚从深夜自习室离开而哭，为每周例行的奔波上课而哭，也更为父母的期待落空而哭。

那个假期是记忆中最难挨的，父母逐渐对我降低要求，带我参观澳大利亚，鼓励我申请那里的学校；包括我自己都开始质疑我的刻苦与努力；姐姐打电话来分析我考试失败的原因。就这样我又一次步入了托福考场，成绩出来后看到 101 分时我又哭了，这一次是喜极而泣。不喜欢在别人面前暴露自己情绪的我跑到旧教楼后的花丛中和亲人们分享着这个来之不易的好消息。就这样，我在 GRE 考试中也取得了 325 + 3. 5 的成绩，重获自信。

我的备考是温和的，并没有熬夜苦读、废寝忘食，有的只是日复一日地晨读打卡、课间单词。最终取得了自己满意的成绩，我想归功于从未放弃吧，我从未有过不出国、不去顶尖农业院校的想法，就算在父母带我去澳大利亚的那段时间，在激烈的讨论中我也从未妥协过想法。对我来说，分数仅仅只是留学申请中的一部分……

新的挑战，艰难抉择

自认为拿到了满意的语言成绩、学分绩点，我精心修改简历、文书，开始了漫长的申请阶段。了解到我所学习的专业需要与国外导师“套磁”，我开始了热火朝天的查阅国外院校官网、阅读外导 paper 的阶段。起初的我是充满信心的，选定了我认为的大牛导师，编辑好了第一封套磁信。然而三天后、一周后仍杳无音信。我继续扩大了范围再次修改发送、更换导师，在发送了几十封邮件后，我得到的有效回复仍寥寥无几。在没有成功套磁的情况下，我还是向美国的 10 所院校、荷兰的瓦赫宁根大学和加拿大的不列颠哥伦比亚大学（UBC）递交了申请。漫长的等待中我一直坚持着套磁工作。直到今年 1 月收到了教授的反套磁与面试通知，2 月我拿到了佐治亚大学的全奖和瓦赫宁根大学、哥伦比亚大学（带奖）的 offer。

在 3 月份的两周里，我几乎每天都有约定的面试，为及时和教授交流，坚持每天熬夜做到第一时间回复邮件。我也因此陆续收到了俄亥俄州立大学（OSU）、宾夕法尼亚州立大学（PSU）、佛罗里达大学（UFL）、密西根州立大学（MSU）教授的邀请。其中俄亥俄州立大学的导师提出了诱人的条件，同意我直接攻读博士学位。但我最心心念念的康奈尔大学和加州大学戴维斯分校一直没有消息。本以为申请季会以这样的结果告终，心中稍有遗憾。

通过反复咨询我校老师还有和父母交流，我没有放弃一丝可能，继续了大海茫茫的套磁工作，邮箱里的已发送突破了100封，学校官网中未曾联系的导师越剩越少。在似乎是期待已久但又惊喜万分的一天，我收到了之前曾套磁过的戴维斯教授的面试邀请，因为时差原因，凌晨五点我准备充分地完成了这场不懈努力换来的面试。越努力越幸运，一天后我收到了offer，并且赶上了公派留学申请的最后一天，递交了所有材料。

截至5月31号，我收到了国家公派留学（CSC）申请通过的大红喜报，拿到了5年的F1学生签证，正满怀期待着我的赴美学习生活。

在温和中坚持，是我对大学四年的总结。我的生活中没有惊涛骇浪和一鼓作气，但多的是细水长流和坚持不懈。无论好的坏的，四年来我所得到的所有，没有存着侥幸和依靠运气，没有放纵和不羁，均是脚踏实地和认真对待而来，或者这样的青春有些平淡，但这就是我，那个正在沐浴着阳光，享受着人淡如菊悠然生活的我。

努力该是一种习惯，而不是一时热血。我想每个人的一生中肯定都曾努力、全力以赴过。但我想说的是，努力应该刻入骨血，不值得特意提起。真正的问心无愧来自内心，来自无数个分岔路口你不曾后悔的决定，来自你深感无望时多坚持的一秒。越努力越幸运，我不曾相信什么运气，只信未来在我手中。

（周佳琪）

农大所得，一生所获

董　斌

董斌，男，中共党员，北京延庆人，中国农业大学植物保护学院植物保护专业2018届本科毕业生。在校期间担任班级心理委员、班长，院学生党支部书记，院文体中心副主任。毕业后拟任中国农业大学植物保护学院辅导员。

四年农大是我一生宝贵的财富，我真心感恩在这里遇到的每一个人。如今回头看任何事，任何人都是一段奇妙的缘分。

如今毕业答辩在即，除紧张的心情外，还有一份对新工作的期盼和向往。毕业后我将继续留在植物保护学院成为一名与同学们朝夕相处的“2+2”辅导员。

四年前稚嫩的我怀着憧憬的心情走入大学校门，在这期间，我参加了各种社团，喜欢上了和一群志同道合的朋友们工作的感觉。四年来我在班级、学生会、学委会、国旗班、党支部都担任过不同的职务，都有不同的体验，不同的收获。成为一名光荣的中国共产党员，这是四年来我最骄傲的事情，也是让我感觉责任最重的身份——如何成为一名优秀的党员是我一直思考和探索的。在不同的组织里可以得到不同的锻炼，植保学院学生会期间大大小小的文体活动组织，班级的建设和管理，学委会的监督与考察，都锻炼了我的组织协调能力与沟通能力。在一次次的工作中我认识了很多优秀的人，这是最宝贵的，从他们身上我学到了很多实用的经验，有助于我开展之后的工作。最刻骨铭心的还是国旗班的经历，让我认识到了责任、纪律和团结的重要性，收获了一群一生的挚友。

大三下学期，我曾面临着毕业去向的选择问题，幸运的是有学院的辅导员及时开了一个介绍毕业去向选择的会，介绍了学院往年的就业情况和保研政策，对每个人的迷茫都有所解答。在这次会议后，通过和老师的交流，我了解到了工作保研的政策和要求。四年来所做的学生工作，使我喜欢上了为同学服务，喜欢与同学相处，虽然没有做过什么较高的职位，但有学院老师们对我的支持，最后我选择了这条路，我决心为自己拼搏一把！

对于虽然有了目标但还是无从下手的我，张迪老师给了我及时和全面的指导。从暑假开始，我提前回到学校复习公务员考试的《行政能力职业测验》和《申论》，同时又在担心落选，准备考研。就这样两手准备，在学校复习着，一个月的时间，每天和考研的同学一起出门，交流着复习的经验和交换着资料，同时准备公务员的考试。心情很紧张，十分担心自己竞争不过其他优秀的同学。

大四刚开始就要进行笔试和面试。记忆深刻的是有一题问：如何看待有的党员思想没有入党的情况？作为党支部书记的经历和多年的理论学习，让我能够知道如何去辅导一名党员，如何去帮助他们进行修养，就像刘少奇所说没有党员是完美的，承认这一点并不可耻，这就要求我们进行修养。

后来我成功地被选聘成为一名辅导员。在办公室实习期间，我才了解到，原来学院的运作有这么一群人在奉献着，他们的工作琐碎、忙碌，每一件都关系着同学的利益。作为大学生的引路人，他们无时无刻不在为了学生健康成长、增长实干努力奋斗着。

我慢慢地开始接手更多工作，毕业论文的压力也越来越大，如何协调实验室与办公室，是大多数“2＋2”辅导员面临的共同问题，一面是大量要熟悉的工作，一面是不能随便应付的毕业论文，这十分考验我们的协调安排能力。

今天我想感谢在四年中给予我每一段故事的人们，我总是觉得自己很幸运，有一群朋友们在身边，更有一群支持我、能够培养我、包容我的老师们！农大培养了今天的我，将来作为一名辅导员我必将用尽全力回馈农大，为一批批农大人保驾护航，为植物保护学院贡献自己的力量。

（董　斌）

有梦就要执着去追

陈　阳

陈阳，男，共青团员，辽宁锦州人，中国农业大学生物学院生物科学（理科试验班）专业2018届本科毕业生。在校期间担任中国农业大学科技协会外联部部长、试验141班长，曾获国家奖学金、学习优秀一等奖学金、北京市“三好学生”、北京市生物学实验技能竞赛一等奖、基础知识竞赛二等奖等荣誉。毕业后赴美国攻读杜克大学全额奖学金博士研究生。

梦的萌芽，迷茫与适应

刚进入大学的象牙塔时，我还是一个懵懂的少年。怀着对大学丰富多彩生活的憧憬，抱着高考解脱后大学课程“及格即可”的思想，我对大一上学期的学习并没有什么概念，更没有设立什么目标。军训后我很幸运地通过选拔进入了生物科学理科试验班，在这个汇集农大最优秀学子的班级中，我更是对自己的学习能力不抱有信心，觉得自己一个后来被选拔进来的“幸运儿”和大家还是有很大的差距的。在体会到同学们优秀的英语水平时，这种感觉尤为明显。此外，为了体会大学生活的丰富多彩，我参加了科技协会、外语协会和吉他社。在每天几乎都是满课的第一学年，自然会让我在工作与学习之间“手忙脚乱”。大一上学期，没有习惯大学节奏的我，只取得了 2.98 的 GPA。我是一个慢热的人，经历了迷茫的第一学期后，我慢慢适应了大学的生活，对未来也进行了一番“深思熟虑”。最终我决定未来从事科研，从那时起，萌生了毕业之后出国深造的梦想，我的学习与生活也发生了巨大的转变。

梦的追逐，坚持与奋斗

虽然那时我对出国还处于一知半解的状态，但我明白，只有努力提高自己的学习成绩和实验技能，打好基础才能成功。从大一下学期起，我要求自己每个学科都认真对待，社团工作也根据兴趣进行了取舍，只专注于科技协会。有了明确的目标便会为之努力，我甚至在大一寒假在家把高数（下）提前预习了一半。这种学习态度的转变不仅让我高数得了 94 分，第二学期我的 GPA 也提升到了3.68，随着 90+的课程数目增加，我的信心也逐渐增加，还交到了很多好友，大学生活也变得更加充实。

为了实现出国梦想，我认真对待每门课程，认真写每一份实验报告，我现在还清晰地记得考试前熬夜复习到凌晨三四点钟、通宵写 14 页的实验报告、实验课后空荡荡的实验室。不过这所有的付出都得到了回报，我前三年的 GPA 一直处于上升状态，大四学年达到了 3.96。此外，我也积极地参加学科竞赛来检验自己的能力，并获得了北京市生物学实验技能竞赛一等奖、北京市生物学基础知识竞赛二等奖、北京市生物学奇思妙想竞赛三等奖和溢达创意大赛四等奖等奖励。这些努力也让我连续两次获得国家奖学金、学习优秀一等奖学金和北京市“三好学生”、北京市“优秀毕业生”等荣誉。

为了提升自己的英语水平，我在大二学年开始学习英语双学位，对欧美文化和翻译的艺术有了进一步的体会。为了锻炼自己的工作能力，我在大二学年担任了试验 141 班长，带领班级取得了“优良学风班”的称号，在组织一次次的班级活动中，我的集体意识和责任感得到了很大的提升；我还担任了科技协会外联部部长，举办了多米诺骨牌大赛，结交了很多好友，课余生活变得丰富多彩。

我深知，为了实现出国的梦想，另一个非常重要的方面就是科研能力的培养与锻炼。因此我在大二上学期便主持了一项为期一年半的国家级大学生创新项目。面对人生中最密集的实验失败，我自己体会到了什么是真正的科学研究，也在这个过程中不断思考自己是否能够承受得起这一次次的失败，坚守我的初心。最终，我坚定了未来搞科研的信念，在和我的组员也是我的女朋友杜乘乘一次次的反思、修改、重复不断地相互鼓励下取得了最终的圆满结果。这弥足珍贵的科研经历让我深切体会到，真正的科研绝对不是诗人般花前月下的浪漫，也不是神奇的种子种下就一定有收获，它更像是一种未知结果的赌注，或者是大雾中摸索的航行。实验的过程开始新鲜，后来枯燥，但是它的神秘与未知却更加坚定了我从事科研的决心。

出国的另一个最直接的考量标准就是 GRE 和托福成绩，为了取得理想的成绩，我在大三暑假和大四上学期都在备战英语考试，基础不是很牢的我舍弃了假期的休息时间，每天练习英语。我考了三次托福都以失败而告终，不得不面临着一个选择：是保研清北还是选择继续努力出国。看着身边大多数保研同学每天轻轻松松、无忧无虑的生活，我开始有些纠结和迷茫。最终，我还是选择了放弃保研资格，和杜乘乘继续为出国而努力学习英语。两个人一起奋斗就不会显得孤单，我们每天都怀着憧憬和希望。然而，备考英语的道路不是一帆风顺的，考了四次托福，我最后却都没有达到理想的成绩。由于美国各高校研究生申请截止日期迫近，我不得不以 98 分勉强过线的成绩进行申请；而考了两次 GRE，我最终的作文分数仍然是可怜的 3 分。带着刚过线的成绩，我开始了仓促的申请过程，最终在申请截止日期前几小时完成了 12 所学校的申请。

梦的果实，感悟与憧憬

如释重负的我很快又投入到毕业设计实验中来，因为实验技能的锻炼永远都是十分重要的。学完专业课并已完成国家级大学生创新项目的我对未来打算从事的研究方向有了更明确的认识——做发育生物学相关的研究，因此我的毕设项目以及留学专业申请都是围绕着这个方向进行的。然而，出国的道路仍然不是一帆风顺的。美国高校的 PhD 项目申请由于科研经费的缩减而变得比以往艰难很多。大四寒假结束后，申请的大多数学校都给了拒信，当我接受可能在国内读研的现实时，一个几乎不可能的消息传来——杜克大学 Biology PhD 项目给了“替补名单”中的我一封全奖 offer。听到这个消息，我没有欢呼雀跃，而是不知所措。因为杜乘乘已经接受了北京大学拟录取，这意味着我们两个人一夜之间就从咫尺的距离，变成异国相守。这是我第一次不愿接受一份期待已久的礼物。但是，杜乘乘鼓励我，希望我能够出国进一步锻炼自己，也相信我们之间的感情足够牢固。

最终，我决定去杜克大学，实现自己一直以来出国留学的梦想。能得到这样的结果，我最感谢的就是杜乘乘，不仅是因为她毫不犹豫地支持我出国，更是因为我们在这将近三年的日子里每天付出的艰苦努力。她始终没有后悔这些付出，并为我的梦想实现感到快乐。我们在这期间经历的风风雨雨，一直是我大学以来最充实、最美好的回忆。我们也相信可以在读完博士学位后，一起去斯坦福做博后。怀着这份憧憬，我们仍会不断努力前行。

我要对心怀梦想的学弟学妹们说：有梦就要执着地去追寻，追梦路上一定充满风雨与坎坷，但一定要充分相信自己，不到最后不要放弃希望，因为看似注定的命运可能会在一瞬间发生翻天覆地的变化。我一直坚信“求上者居中”的道理，每一件事情都相信自己可以办好，最后结果不会差，而且一次次地“求上”会让我们不断地向“最好”趋近，会让我们不知不觉地向优秀的行列中迈进。

（陈　阳）

追求卓越，功到自然成

逄金吉

逄金吉，女，汉族，共青团员，中国农业大学动物医学院2013级本科生。曾担任动医131班团支书、2014级英才A班学员，台湾中兴大学交换生、和君商学院学员。曾获中国农业大学“五四青年标兵”“优秀团干部”，北京市“三好学生”等荣誉称号。获清华大学医学院直博资格与美国爱荷华州立大学PhD全额奖学金。毕业后将赴美国深造。

你好，我素未谋面过的学弟或学妹，当你无意间看到此文时，我可能已经在大洋彼岸，在美国中西部的一所大学城内读书、生活，而你也可能是因为刚刚步入大学不久，还不习惯周围的生活及学习环境，每天心中总是有着一些小焦虑或是迷茫。

这些焦虑感和迷茫感几乎是每位大学生都要经历的，就像奥斯特洛夫斯基曾经说过的那样：“人的生命似洪水奔流，不遇着岛屿和暗礁，难以激起美丽的浪花。”但压力也是一把双刃剑，多少同学因此自暴自弃，虚度光阴。作为学姐，我希望将自己的五年大学经历，讲与你听。在我的大学时光里，师兄师姐们对我倾囊相授。我相信这是一种传承，我们农大学子，就是要做到：聚是一团火，散作满天星！

书山有路，勤学为径

我的偶像是阿米尔·汗在他的作品《三傻大闹宝莱坞》中曾说过：“追求卓越，成功就会在不经意间追上你。”求学路上我也一直以这句话来激励自己。

从我踏进校园的那天起，我就下决心要将任何自己应该做的事做到极致。在军训中，我每日刻苦训练，最终成为学院的护旗手。在学习中，我也一直勤勉刻苦，始终名列前茅。在大三上学期，我赴台湾中兴大学交换学习，在其他交换生每周都出门游玩，只选六七个学分课程的情境下，我仍旧保持着在农大时学习的刻苦。在短短四个月的交换学期里，我克服了很多交换学习的困难，顺利修完了中兴大学22学分的专业课，其中有一半以上的课程都是英文授课、考试。专业课最多的大四学年，我每天早上6:30起，常常学习到深夜，最终我的综合测评位列年级第一，专业成绩年级第二。大学五年里，我获得了国家奖学金、“五四青年标兵”奖金、学习优秀一等奖学金、迪拜马科奖学金、文化活动奖学金、曦之奖学金、创业创新奖励、美国硕腾奖学金等大大小小近20项奖学金，奖学金累积达10万多元。

寻得理想，科研兴国

在大一的暑假，我作为峰云社西藏人文科考队的一员，曾赴西藏进行支教和边境贸易调研。我清楚地记得曾有一位大学生村官听说我来自中国农业大学动物医学院后，急切地询问我家禽疾病的预防。这个村子曾经投资建造过一个扶贫鸡场，但是一场瘟疫让鸡都死掉了，损失惨重。当时的我刚学完第一年的基础课程，对于村官的问题，毫无头绪，但这个问题却改变了我未来的奋斗方向。从前，我仅希望自己能成为一名优秀的小动物临床医生，此时此刻，我却看到了动物医学人的另一种使命——保障经济动物健康！我国还处于发展阶段，提高畜牧行业的抗病能力对仍在一线养殖业的广大农民尤为重要，因此我立志在预防兽医学中做出成绩，为勤劳的养殖业农民增加经济保障！

我从大二开始参与国家级大学生创新项目，每天进行三四个小时的实验。我常常早出晚归养实验动物，夏天动物房里湿热难耐，气味难闻，每次进去都要待一两个小时，再出来时汗都浸透了衣服。功夫不负有心人，我最终以第一作者身份在专业核心期刊《畜牧兽医学报》上发表论文《单色绿光对鸡胚褪黑激素合成的影响》，对肉鸡生产有指导意义。

大四寒假，我作为“牛精英”的一员，赴爱尔兰进行畜牧学习。我以一个动医人的视角，在牧场中当了三个星期工人，边劳动边学习，最终了解到爱尔兰牧场的牛群免疫程序，控制乳腺炎发病率的管理等诸多知识，并且制作英文 PPT 以 Milking Parlor Management 为题进行汇报。

大四暑假，我在爱荷华州立大学张启敬老师实验室进行羊肠道弯曲杆菌盛行率和耐药性的研究。时间短，任务多。我每天都沉浸在实验室里，不知疲倦。最终我提前完成所有实验任务，并且以第一作者身份撰写英文海报“Effect of tetracycline treatment on the prevalence and antimicrobial susceptibility of Campylobacter in sheep”参与访问学者交流会，在国际学者面前展现中国农大学子的风采。

明确目标，全力以赴

从美国归来后，我参加了清华大学 CLS 复试，并且得到了清华大学医学院直博的资格。但是由于仍想继续开展经济动物类的相关研究，我放弃了保研，决定出国深造。那时已经是 9 月底，而我还没有准备过 GRE 考试，放弃保研选择出国，是一个很冒险的决定。很多有出国留学的想法的同学，最终选择留在国内读研，很大程度上就是被出国的英语考试吓倒了。你也许可能觉得自己的英文基础不好，分数擦边儿地过了四级、六级，托福、雅思考了几次也达不到要求，更不敢想难度巨大的 GRE 了。但是我想告诉你，出国的英文考试对于大多数同学的难度都是很大的，你觉得难，我也觉得很难，关键在于我们要有勇气去尝试，有毅力去备考。同时，我也认识很多托福、GRE 的高分同学，他们的四级成绩也有很多是刚刚过线，但是经过认真准备，他们都在出国英文考试中取得了高分成绩。一件事情的困难程度，是会随着你努力程度的增加而降低的。

在英文学习上，我有很多自己的感悟。我从小没有参加过任何英文补习班，英语完全是从初中开始零基础学起的。得益于勤奋刻苦，我把中学课本里的每一篇文章都背下来了，因此中考英语满分，高考 140 分，在大一就以 586 分和 551 分分别通过了四级、六级，雅思考试也一次性得到 7 分。但决定出国深造时，我还没有任何 GRE 的成绩，由于申请时间有限，我给自己定下了 45 天拿下 GRE 的计划。2017 年 10 月到 11 月上旬，我每天都和考研的同学一同到图书馆复习，每天要背 200 个新的单词，复习 200 个单词，数学题要一天做一套，就连中午去食堂吃饭，我都要带一本作文书，见缝插针记几个常用句型。最终，我在 GRE 考试中取得了 317 分的成绩，一次性达到了美国院校的录取要求。45 天备考经历，我讲得似乎很轻松，但是当时我每天都很焦虑。有时候，前一天背的单词，第二天会忘掉百分之八十；GRE 的 Verbal 部分题型，不管怎么练都错很多。但我没有放弃。我十分明确想要出国读书，并且坚决放弃了保研的资格。破釜沉舟的道理大家都知道，但是实际中大家却都会给自己留有后路。所以，如果此刻的你也希望以后留学深造，那么请不要自我否定，不要害怕英语考试，成功属于那些付出辛勤汗水的人，只要你敢于开始，那就是胜利的一半！

最终，我在朋友和老师的帮助下，完成了留学申请的全部文书，并得到美国爱荷华州立大学的 PhD 全奖，本科毕业后直接赴美攻读兽医微生物专业的博士学位。

世界多彩，邀你同行

本科五年时光，农大带给我的不仅是知识、荣誉，更是一群朋友、良师，以及视野的极大开阔。大学里的我，登上过青藏高原，看见大昭寺旁朝圣者虔诚的身影；骑车环行过青海湖，用车轮丈量大地；在台湾的绿岛去海底看过珊瑚；在爱尔兰最美的海边牧场喂过犊牛；在美国中部平原上从 3 000 米高空自由降落……选择出国读书，也是选择一种全新的生活方式，跳出生活的舒适圈，去挑战全新的自己。希望现在的你能够对自己的未来有一个更清晰的规划，期待你看到更多的精彩！

（逄金吉）

合理规划助力成长

王　辉

王辉，男，陕西榆林人，中国农业大学信息与电气工程学院2018届博士毕业生。毕业后拟任职于中国林业科学研究院木材工业研究所。

研究生阶段相对本科阶段的区别在于，不仅需要完成必要的学习和考试，还需要积累和努力对已有的研究进行突破。结合自己多年的求学经历，我认为不是每个人都适合做科研，研究生期间发现自己的爱好和优势，明确自己读研的目的，做出合理的职业规划很重要。

我认为研究生学习阶段中，需要关注以下几个问题：

培育良好心态是做科研的金钥匙。作为研究生，应当清醒地认识到科研路上难免会有挫折和失误，当然也少不了烦恼和苦闷。面对不愉快的事情，要保持奋发进取的精神状态，努力克服心理上的不适应，心情晴朗起来，科研状态就会好，困境自然迎刃而解。

保持专注是做科研的定盘星。研究就是在不确定的未知体系中寻找确定的结果，由于体系的不确定性，通常需要相对长的时间，所以保持专注是科研者的核心素质。现代社会中信息繁杂，人们收到大量信息的冲击而容易变得躁动不安，很难静下心专注思考一个问题。精力分散对于科研是非常不利的，科研工作者只有耐心、坚持、专注才能更好地为发展科研事业筑土培基。

拥有正确认识是做科研的压舱石。科学研究也是探索未知的过程，这个过程与不确定性长期共处。但是正如自然界的自然规律，在一轮灿烂的朝阳喷薄而出之前，总会有一段特别黑暗的时间。我们要做的不是诅咒黑暗的浓重，而是要盯紧遥远的东方，坚定地走下去，迎接那一轮迟早会现身的朝阳。

做科研没有康庄大道，日常的科研工作是与未知共舞，和失败相伴的漫长旅途。虽然步步荆棘，却也有认识真理刹那的纯粹快乐。山再高往上攀，总能登顶；路再长走下去，必能到达。我始终相信每一名科研成功者都不可避免在自己成长的道路上遇到无数困难，而他们的成功却源自他们在黑暗中不断摸索，穷尽各种智慧和汗水的坚持。

（王　辉）

心怀梦想，踏歌前行

黄佳琳

黄佳琳，女，共青团员，广西百色人，中国农业大学理学院生物物理专业2018届研究生毕业生。在校期间担任2015/2016硕士博士联合团支部宣传委员，曾以第一作者身份发表SCI文章1篇，以第一作者身份发表EI文章1篇，获得中国农业大学研究生学业奖学金二等奖、中国农业大学“优秀毕业生”称号。毕业后拟任职于百色市食品药品监督管理局。

在中国农业大学的研究生生活转眼就要结束了，正如歌中所唱，“你总说毕业遥遥无期，转眼就各奔东西”。

回顾这两年，我结识了新的朋友，科研工作上也做出了一些成果，找到了一份自己满意的工作。回想即将告别的学生时代，感慨万千。

大四那年，一边心情焦虑等待着考研成绩公布，一边看着身边同学陆续收到了心仪工作的 offer，为他们感到开心的同时也在问自己，如果我现在就要找工作，想找什么样的工作，能找什么样的工作？

我发现收到 offer 的同学都有比较丰富的实习经验，而且能熟练掌握一般工作所需用的软件，比如 PPT、WORD、EXCEL 等，有的同学还掌握了一些比较高难度的工作软件，比如 CAD、PS 等。反思自己平时就非常忽略这方面的锻炼，我总认为做个 PPT 或者写一份简历是一件很简单的事情。其实不是，如何做一个简洁的 PPT，如何向别人表达自己的想法，或者如何向别人展示出自己优秀的一面，都是一个人能力的体现。这种能力不是与生俱来的，是通过后天的锻炼可以得到的。当时我就想，如果再有一次机会，一定要好好加强这方面的学习和锻炼。

考研成绩公布，经过了找导师等一系列事情，我终于得到了中国农业大学攻读研究生的机会。我想看看自己有没有能力和兴趣走科研的道路，也想好好锻炼锻炼自己的基本技能。

研究生期间的研究方向与我本科的学习方向大相径庭，这对于我来说是一个全新的领域，虽然觉得十分好奇但也觉得十分迷茫，不知该如何着手，所幸有导师一一指点。从师兄们的论文中，我对自己的研究领域有了一个大概的认识，对研究领域内的一些基础概念有了大概的了解，但是单看师兄的论文肯定是不够的，因为多数比较好的、比较先进的研究成果都发表在英文期刊上。因此，我需要阅读大量的英文文章，刚开始阅读英文文章时真的觉得很头疼，虽然说自己已经考过了 CET6，但是就这些词汇量想要阅读英文文章还是比较困难的。所以我刚开始阅读的时候，每天只阅读一个段落，适应一段时间后再递增到两个段落，采用这样的方法，慢慢提升自己阅读英文文章的能力。除了阅读文献，看英语电影或者电视剧也是一个很好的方式。我很喜欢科幻影片，对于自己喜欢的影片有时候会重复看两三次，这对英语能力也有一个很好的提升作用。

经过一段时间的文献阅读后，我进入了实验阶段，既要学习如何操作实验仪器，又要学习如何处理实验数据。期间也遇到过许多问题，在自己能力范围能解决的就自己解决，超出自己能力范围的就多和老师或者师兄师姐讨论，总会找到解决的办法。在发表文章的初期，总是被拒绝，这令我非常灰心，怀疑自己的文章是不是没有价值，导师知道后，给予了很大的鼓励，并及时对我进行了开导，终于在我们的坚持下，其中一篇英文文章终于被 *Superlattices and microstructures* 杂志接收，另一篇中文文章被《发光学报》杂志接收。

科研过程中，通过自己阅读文献获取知识很重要，与老师和师兄师姐们的讨论也很重要，每个人看待同一件事物的角度是不一样的，多听听别人的想法，取其精华，也是获取知识的途径之一。

研二上学期一开始，就需要考虑是工作还是继续深造的问题了，在结合自身情况、性格特点及职业理想等诸多因素进行再三考虑后，我认为公务员这个职业还是比较适合我的，恰逢这时广西壮族自治区来我们学校招收定向选调生。经过积极的准备，我通过了笔试，记忆比较深刻的是在面试过程中，考官问的问题都是生活中会遇到的问题，所幸平时我很关注社会话题，因此对于我来说难度不大。经过了层层选拔，我有幸成为广西选调生大家庭中的一员。

如今，将要从农大毕业的我，已经准备好开启人生的新篇章。在这么多年的学习生涯中，我认为永远保持一颗学习的心是很重要的。不论是在工作和学习当中，都会遇到新的知识，或者处在一个全新的领域，开始的迷茫和困惑肯定是会有的，多听、多看、多交流肯定是会对我们有所帮助的。另外，人生要有目标，提早规划，不管是希望工作也好还是继续深造也好，应该对自己将要选择的道路有充分的了解。比如有的人想考公务员，有的人想考事业单位，那就要密切注意考试时间及考试科目，做好学习的时间分配等；有的人希望直接参加工作，那么喜欢什么样的工作，胜任什么样的工作，这些问题在实习的时候才能有所体会。

（黄佳琳）

随时准备起飞的“笨鸟”

王丽丽

王丽丽，女，中共预备党员，山东高密人，中国农业大学人文与发展学院农村发展与管理专业2018届硕士毕业生。在校期间获得硕士二等学业奖学金，作为主要研究人员完成了农业农村部委托的农民负担变化研究课题；在国家卫生计生委项目监管中心实习两年，主要参与了中英全球卫生支持项目和盖茨基金会中国农村基本卫生保健项目。毕业后拟任职于北京市顺义区，成为一名扎根基层的选调生。

我小时候，一旦有人夸我聪明、厉害，我妈就这么对外人评价我：“聪明什么呀，她其实一点都不聪明，不过就是多努力了一些，可能是笨鸟先飞了吧。”语气中仿佛充满了无所谓，但又溢出了对我的认同和骄傲。于是，我也一直这么看待自己。

成长到现在，我已经不知道什么是聪明，我又是否真的是一只笨鸟，但我明白，不管我是什么样子的，我都需要像那只一直“陪伴”着我的“笨鸟”一样，扎扎实实地走好每一步路，随时做好起飞的准备，在必要的时候为自己争取先机。

我叫王丽丽，一个并不是很聪明的女孩，本科就读于中国农业大学烟台研究院，大四获得研究生保送机会，选择了留在中国农大，攻读人发学院的硕士研究生。唯一的一次实习工作，是在国家卫生计生委项目资金监管服务中心，这份实习，我坚持了两年。

因为这份比我研究生生活还要长的实习，让我站在人生转折的岔路口时，不仅感受到了刻骨铭心的喜悦，还有迷茫。当时我已经考上了北京市的选调生，并且已经签好了三方协议，没过几天，实习单位也给了我一个留下的机会。这让我陷入了两难的境地：一个是在我规划中的、经过层层选拔考上的选调生，一个是我努力工作、获得大家认可并且已经对工作无比熟悉了的实习单位。喜悦的是，我的努力得到了认同和回报，可迷茫的是我不知该何去何从。

做出决定不仅是一种考验，更是一种能力。最后我放弃实习单位，去基层做一名选调生。因为慢慢地我明白，实习过程中的努力和成长是人生中必须要做到的事情，领导的青睐只是这个过程所产生的额外福利，不必成为我选择人生道路的牵绊；在这些实习的日子里，所有的学习和积累都让我有了更多的优势，更成为我成功拿到工作机会的一个重要前提条件。

而从一名基层公务员做起，是我一直以来的一个梦想，我记起每一次回到农村老家的内心感受：我以后一定要以自己的方式，为农村的发展贡献力量。此时我才发现，这不是一句口号，而是真切存在的一个目的地，我也最终获得了通往那里的途径。因此，人生的迷茫，或许谁都无法避免，这个时候不妨回忆一下自己的初心，它会告诉我们答案。

其实，我的就业过程也并没有旁人看起来那么顺利、容易，我有失意落榜的时候，也有表现很差的时候。我参加的山东省优选选调生考试，连面试的机会都没有得到；我在准备公务员面试的时候，也会结结巴巴，答过的题目依旧答得乱七八糟。对于我来说，也对于毕业季找工作的大家来说，我觉得这里有两点很重要。第一点，我确实是参加了很多次考试，这必然会增大考上的概率，这就像我们所谓的“海投”一样。在大家还没有进入找工作的氛围的时候，我就已经参加了陕西省的选调生笔试和面试了，虽然知道这不是我最终想要去的地方，但是事实说明，每一次实战都是最好的锻炼。在接下来的日子里，我还参加了国考、京考和山东省优选，报名了云南省、河北省的选调生考试，都是为了能够让自己保持在这种紧张的氛围里，督促自己学习、进步。当然，面对自己争取而来的多个机会，我们也要有一个底线，慢慢学会取舍——如果这个不是自己想去的地方，就应该及时终止相关程序，不能为了满足自身的需求而给组织、给他人带来麻烦。

第二点就是注重平时积累，提前做好准备，也就是我所信奉的“笨鸟先飞”。在我确定了要走考公这条路之后，就开始了买教材、刷题的日子，这个过程可能持续了半年的时间，虽然一开始的训练强度不大，但始终是保持着知识输入的状态，而且比别的同学多了很多准备的时间。在这个过程中，我想自己领先的不仅仅是知识点的积累，更重要的是获得了更多的自信和从容。

同样的，获得留在实习单位的资格，也验证了我的“笨鸟理论”。研究生入学后，我在其他实习伙伴一一离职之后，仍然一边上课、一边工作，无论工作有多难，课程压力有多大，我都一直认真地坚持着。我珍惜单位给我的每一次锻炼机会，不厌其烦地做着写公文、办会议、出差等各种各样的事务，渐渐地获得了很多同龄人没有的财富，见了世面开了眼界，学习到了很多实用性的本事。可能这其中的踏实、认真、坚持被领导看在了眼里，所以才有了后来出乎目标之外的机会。

“笨鸟理论”，不仅仅告诉了我要先飞的道理，更让我清楚应该随时为起飞做好准备，只有这样，才能在飞翔的时候，飞得比别人更高、更远。其实，不一定只是为了考试、为了就业这样明确的目的而提前做准备，在生活的每一个时刻，注重积累，注重对自身素质和能力的培养和加强，会使得我们在以后的某个节点上，忽然发现，是以前不知道什么时候的努力，成就了现在的自己啊。

（王丽丽）

梦在前方　路在脚下

于跃宗

于跃宗，男，中共党员，河北深州人，中国农业大学人文与发展学院农村发展与管理专业2018届硕士毕业生。在校期间曾担任人文与发展学院党务助管、2016级农村发展与管理硕士班班长。毕业后拟任职于中央网信办网络安全应急指挥中心。

我想每个人都应该有自己的梦想，哪怕只是一个小小的目标，当然这个梦想必然应该是价值观正确的，或者说对自己的人生至少是积极阳光的。这样的梦想值得我们脚踏实地，奋斗一生，最后无论成功或者失败，都将会因为这个梦想努力过而无憾终生。不管我们曾经有没有一个坚定的梦想，至少在当下应该是躬身自省、扪心自问寻找自己内心深处的那份渴望的时候了。

从一开始，我对自己的职业规划就比较明确，希望毕业后能够进入政府机构，成为一名能够服务人民和国家的公务员。这样的职业规划和我的成长环境有很大的关系。我是一个地地道道的农民子弟，尽管在外上学参加农务劳动不太多，但“面朝黄土背朝天”的农耕经历还是让我深切地感受到基层群众生产劳动的辛苦，我想通过自己的努力去改变，至少是改善基层劳动人民的生活条件。所以，我立志成为一名人民公仆，把自己的终生奉献给人民幸福和国家富强的伟大事业。

大一的时候我有意识的选择了《大学生职业规划》课程，从入学开始就对实现自己的人生梦想制定明确的大学学习规划。来北京求学，是我第一次离开老家的小县城，我深知自己的眼界、交际能力和组织能力都和城市里的同学有很大差距，这就需要强迫自己尽快地融入这个全新的大学生活氛围中来，我积极地参加班长竞选、加入各种社团，希望能够通过各种各样的锻炼来让自己的性格变得更加外向，视野变得更加开阔。尽管在班干部竞选和社团活动中，我都不算成功，但这种参与的经历毋庸置疑提高了自己人际技能和协调能力。

尽管小地方的生活经历让自己性格比较内向，但农民身上那种朴实、踏实、勤奋和认真的品格也深深地烙印在我的身上，我无论在面对怎样的未知生活中，都能够依靠自己的真诚和用心取得成长和进步，获得同伴和老师们的尊重和认可。大二的时候，仿佛患了“大二病”一样，学习上开始懈怠。懈怠的结果就是我大二的成绩大幅度下滑，由上游滑到了中下游，我意识到自己到了生死存亡的地步。所幸大二的时候我参加了张克云老师的 URP 训练，尽管我的学术水平还很低，但在跟随老师做项目过程中表现出的勤奋和努力获得了认可，鼓励我继续读研深造。URP 的项目论文也获得了首都挑战杯竞赛的二等奖，这让我重拾了刻苦学习的心。

前两年的学习成绩综合起来还可以，我希望通过大三的努力，让自己的成绩排名再前进一些，争取获得学院保研的名额。上课的时候，我变得非常主动、积极回答老师的问题，在课题小组中主动承担任务，学习成绩有了很大的进步。学习上的改变，也带来了我大学生活的改变，我如愿地加入了中国共产党，成为一名为人民事业身先士卒的战士。同时踏实、热心和负责的态度也获得了班级同学的认可，成为班长。尽管最后我并没有获得保研的资格，但大三优异的成绩还是让我获得了本年度的学习优秀一等奖学金和国家奖学金。

大四的时候面对工作和读研的选择，我根据自己的职业规划进行了一些调整。我发现因为学历和专业的限制，自己可以报考的公务员职位并不多，决定选择继续深造。选择了考研，就踏上了一条艰苦学习的路，在炎热的天气里，我勤奋地学习了四个月，最后以笔试成绩第四，综合成绩第三（六个录取名额）的名次成功考取硕士研究生。在大学生涯的最后，我为班级同学的服务和工作获得了大家的赞赏，先后被评为中国农业大学和北京市“优秀毕业生”。

两年的硕士学习生涯还是非常短暂的，经过研一忙碌的学习，研二一开学就需要开始为寻找工作而努力了。我的就业方向很明确，2017 年 10 月份就报考了国考和京考，希望能够通过考试进入政府部门工作。备考的过程中，我经常关注学校提供的公益公考讲座和面试礼仪讲座，这对我的学习方向和学习节奏都有很大的帮助。国考成绩并不是很理想，这期间同学们都陆陆续续地找到了工作，我有时也会质疑自己，是不是可以考虑换一个方向，去找一些私企、国企。但我感觉这些待遇可能很好，但终究不是自己希望从事一生的工作。

我开始关注更多地方的公务员考试，浙江省、江苏省，甚至一度考虑过考新疆的公务员，但因为老家是河北的，最终都没有去，这么宽范围的选择，其实也暴露了我寻找工作变得着急和紧张起来。临近毕业，越来越大的就业压力，不仅是我，包括我的家人和导师都能感受到一种紧迫的氛围。我最后还是决定选择京津冀的公务员或者事业单位进行报考，在这期间我关注了事业单位考试招聘网，这里提供了最新的各省市的事业单位招聘信息，给我提供了很大的帮助，最终成功进入网信办工作，实现了我的梦想。

回想我寻找工作的经历，总结起来是：梦想是坚定的，道路是曲折的，希望结果也是美好的。最后希望大家都能寻找到自己愿意为之奋斗一生的人生梦想，并在逐梦的路上脚踏实地，砥砺前行，在奋斗的人生中无怨无悔！

（于跃宗）

选　择

与机遇相拥，与时代共振。

从新疆来，到新疆去

赵天晨

赵天晨，男，中共党员，甘肃天水人，中国农业大学农学院作物专业2018届硕士毕业生。在校期间曾担任农学院2012级本科生第五党支部书记、农学院区域农业发展研究中心第二党支部书记。毕业后拟任职于中共新疆维吾尔自治区委员会组织部。

2012年，通过全国统一高考，我从祖国边陲小城——新疆喀什来到首都北京，踏入了中国农业大学的校门。初进校园的自己，对周围的一切充满了好奇，也乐于尝试一切新鲜的事物。学校开放的办学理念使我受益匪浅，也给予了我可以不断试错的机会，每当遇到挫折时，老师也给予我适时适当的指导。转眼间到了与母校分别的时刻，我心怀对母校的感激之情把自己一路走来的心路历程，与师弟师妹们分享。

明确目标

我出生在茫茫戈壁中天山雪水孕育的绿洲中，在那里，人们在条件艰苦的环境下努力地创造着幸福生活。我们的前辈来自祖国的五湖四海，他们响应建设西部的号召汇聚在这里，以“自己动手、丰衣足食”的决心开垦着这块广袤无垠的土地。在新疆，各民族之间像石榴籽一般紧紧地团结在一起，谱写着奋斗的篇章。

曾经，我就读的喀什二中正门前有几个大字：“鸿鹄列队出昆仑”。每每入校都能看见这句话，它代表着喀什二中对我们殷切的期望，希望这里走出的每一位学子都能走向更广阔的平台，成为国家的栋梁之材。未入大学之前，我便经常思考，“鸿鹄”出了昆仑以后，它还回来吗？要是“鸿鹄”都离开昆仑了，那昆仑山怎么办？美丽的昆仑山是生它养它的地方，当“鸿鹄”的羽翼变得更加丰满时，它是否应该回到自己出生的地方？在走出新疆之前，我内心便有了学成之后，回到新疆沿着前辈的步伐继续建设美丽新疆的想法。

在北京，在农大求学的六年中，我越发坚定自己的想法，对自己人生的总体规划也越来越明确。在今天，在伟大的新时代里，祖国更加需要我们去建设艰苦偏远地区，我们青年人应该将自身理想与时代要求结合起来，做一个干实事、干好事、干大事的新青年。

坚定信念

在高中时，我便提交了入党申请书。进入大学以后，在参与党支部的活动中，在学院组织的党课上，我加深了对党章党史的了解，通过不断加强学习，提高觉悟，进一步明确自己的入党动机。在“解民生之多艰，育天下之英才”的校训引导下，我更加明确了自己的人生目标，就是要成为一个有信仰的人，成为一个有价值的人。

中国共产党以其先进性吸引着万千能人志士加入了这个组织，共同努力奋斗实现伟大的中国梦。与优秀的人同行，才能让自己更加优秀。在本科期间，我不断努力向党组织靠拢，虽然入党过程并不顺利，但我越挫越勇，组织的考验使自己信念更加坚定。回想起来，这段入党经历是人生的宝贵财富，它提高了我的党性，坚定了我的信念，更让曾经的想法逐渐成为我追求的理想。

加入党组织后，我先后担任了两年党支部书记，在学院党委开展的支部书记例会中，让我对党建的认识更加深刻。在学院和学校党委组织的支部书记培训班中，我结识了更多志同道合的人，从他们那里我听到了更多的声音。学校学院给予我一个健康的成长平台，将我这块普通的生铁慢慢淬炼成一把锋利的宝剑。

认清自我

我们每个人都是一块未打磨的钻石，只有在特定的角度才能释放美丽的光芒。

作为一名农学专业的学生，我所学专业知识最好的用途便是对社会的服务。农业不仅是生产的问题，更是中国传统社会和传统文化的根基。我们所做的工作很多是公益性与服务性的，成为一名公务员可以将我们对农业对社会的服务空间得到最大提升。

我曾经困惑——人生的价值如何体现？经过党组织的教育和学校的培养，我认识到，人生的价值在于自身对社会或大或小的影响。而这世间没有任何事情比为人民服务更加有价值。

现在，我即将动身前往新疆，去实现自己的理想，感谢学校对我的培养，我将永远铭记母校对我的教导，成为一名对社会有用的人。

希望更多有理想的同学能来到美丽的新疆，这里鸟语花香，这里风清月明，这里天宽地广。欢迎大家来这里学习，来这里旅行，来这里工作，来这里实现理想。

（赵天晨）

邂逅农大的那些时光

勾邦睿

勾邦睿，女，中共预备党员，贵州铜仁人，中国农业大学园艺学院园艺专业 2018 届本科毕业生。在校期间担任园艺 143 班班长。毕业后去浙江大学攻读硕士研究生。

时光荏苒，我即将告别自己的大学生涯，离开这个生活了四年的地方。

四年前，我在高考战场奋战拼搏，为了能进入中国农业大学拼尽全力；四年后，我将带着对园艺愈加浓厚的兴趣踏上新的征程，继续学习深造。青春在时光中慢慢消散，留下的，只有这些永恒的记忆。

回想这四年的大学时光，很美好，很幸运，未负光阴。我从高中开始就有一个农场梦，希望能拥有一个自己的农场，种喜欢吃的水果蔬菜，养很多好看的花。源于对自然、对植物的热爱，我义无反顾地来到了农大，念了自己喜欢的园艺专业。

记得大一刚入学时，自己对一切都充满兴趣，参加了很多社团组织，很多时间都花在了组织工作上，在志愿服务、社团工作上找到了无限乐趣和归属感。那时还不太适应大学的生活，学习主动性不太强，学习成绩不是很理想，也没有考虑太多自己的将来及职业发展情况。那一年，我逐渐褪去刚入学时的懵懂，努力去适应大学生活，慢慢适应了新的环境。

大二那一年，我成长了很多，在做事的细心耐心及责任感方面都有了很大进步。留任了两个社团，认真做了多个志愿项目，自己带队进行社会实践调查，利用课余时间在学校图书馆勤工助学，参与过几个创业小尝试等。那一年虽然很累，也没有较可观的经济利益，但是创业的种子不知何时埋在了心底，只静待生根发芽的那一刻。也就是在这个时候，我开始对农业创业产生了较浓厚的兴趣，这为我后来做的很多选择埋下了伏笔。

大三是我最贴近“大学学习生活”的一年，前两年的学习带着些许被动和迷茫，多是根据学校学院的要求练就学习应有的技能，却从未考虑过结合自己的兴趣主动出击，为自己的人生铺路搭桥。大二的暑假，我尝试着寻找与专业相关的公司实习，简历石沉大海，虽接到一堆其他行业抛来的实习橄榄枝，但我知道，那些都不是我想要的。兜兜转转，我依旧没找到实习机会，也感受到了园艺行业的就业形势，开始明白为什么有那么高的读研率，而我，从未想过要搞科研，从未真正走进过实验室。在中国农大这种以科研为主的高校，进实验室学习是常态，也是必修课，我在蔬菜系高丽红老师的指导下做设施番茄的试验研究。在做实验的过程中，我意识到自己专业知识的欠缺，虽然身在园艺，但很多专业知识都不知道，于是我将重心倾斜到了学习上：修读本专业的课程，在慕课网等网络平台上选课，去北京大学旁听经济学课程，选修北京大学暑期学校课程……这一年，忙但快乐着，上课、做实验、看书成了我最常做的事情，这才是大学正确的打开方式。大三下学期是我留给自己思考要读研还是直接工作的缓冲期，看了无数的职业选择宝典，咨询了很多学长学姐，经历了无数个夜晚的思想斗争和纠结。那一年，我决定继续在园艺方便深造学习，不过从一开始我就清楚地明白，这只是一趟短暂的学习之旅，未来的工作，我还是希望放在农业创业或农村工作上。

大四做了很多自认为对职业发展很有帮助的事情，特别是加入了农学院和企业家校友会农场主分会联合推出的“中国乡村振兴青年菁英班”，成为首届校内成员之一。在这个班级里面，我结识了很多志同道合有想法的同学，也认识了不少在农业行业做得风生水起的企业家，他们扎根农业，用自己的力量帮助农村发展，改善中国农业发展现状，他们是中国农业的希望与未来！我也希望终有一天能成为他们那样的人。我们一起上了很多创业理论课程，听了很多农业行业大佬的创业分享，还到多地参观，观摩学习最前沿的农业公司发展状况。在这过程中，我发现企业和高校之间有着巨大的鸿沟，并不是农业企业不缺人才，相反，他们中的大部分都面临着创新危机，急需有想法，有能力的新鲜血液加入，而苦于没有渠道；很多高校学生想要去对口的企业工作，不过也无处获取最新的职位空缺信息。校企脱节，在很大程度上会制约产业发展，虽然现在状况稍有好转，不过要做到同步，还有很长的路要走。这一年，经历了大家口中难于登天的考研，一百多天“驻扎”图书馆的生活，让我对自己有了新的认识，见过不少研友中途放弃，还好，自己挺过来了，现在想来那些辛酸与焦虑却也那么美好。

一路走来，懵懵懂懂，跌跌撞撞，大学生活即将画上句号。说不上成功，却也算是无怨无悔。有过和室友整夜嗨歌的快乐；有过被家人时刻关心的感动；有过某个项目被无情拒绝的郁闷；有过被考试虐到无法呼吸的心痛，亦有过想要大哭一场的冲动……再回首时，很庆幸自己可以一笑而过，没有遗憾，也无须懊恼。我能明显感觉这几年自己的变化，特别是对今后的工作生活有了一个较清晰的轮廓。我觉得每个人无论什么时候都应该清楚自己想要什么，适合什么，然后坚定地朝那个方向努力。不管结果如何，至少曾经认真过，拼搏过，无悔于自己的选择。

农业相关专业相比其他专业仍然是冷门专业，经常被人说很土，在就业时也没有什么优势，薪资待遇多处在低等水平，因此也造成每年都有很多同学转专业或者毕业后改行。做农业确实不容易，投资回报率很低，还得面对各种压力和挑战。没有兴趣、没有情怀、没有坚定的信念和决心的人是搞不好农业的。不过我还是非常庆幸自己选择了园艺专业，俗话说兴趣是最好的老师，我相信自己能在农业行业找到属于我的位置，用自己微薄的力量哪怕推动中国农业向前发展一点点。

农业是最难啃的硬骨头，我们不做，谁来做？作为中国农业最高学府的一分子，我们都应该将“解民生之多艰”作为人生信条，为了有一天，农业成为有奔头的产业，农民成为有吸引力的职业，农村成为安居乐业的美丽家园而努力。

（勾邦睿）

一道道选择题　一步步走下去

方　慈

方慈，女，中共党员，浙江舟山人，中国农业大学资源与环境学院环境科学与工程专业2018届博士毕业生。在校期间担任研究生就业助管、党支部书记等职务。毕业后任职于中国科学技术交流中心。

我叫方慈，一个土生土长的农大人，读的是环境科学与工程这个工科专业。我，一个一米六不到的小个子，撸着袖子，提个20斤重的水桶，风风火火地穿梭在实验室，拿着扳手拧反应器，或站在小板凳上搭试验装置，这就是我的常态——一个女博士的日常。是的，我读过博士、出过国，也在搞不搞科研的路口徘徊过。如果你问我啥滋味，后不后悔？我想说的是：没什么后不后悔的，不论你怎么选，踏踏实实地走，总能走下去。

要不要读博?

我在大四上学期选择了保研，所以大四就算是提前进入了科研的圈子。就这样做了两年的实验，我仔细回想自己的“科研经历”，好像只会使用最基本的化学仪器。我开始怀疑自己能不能踏入社会，能不能胜任以后的工作。此时，正逢学校开始申报硕博连读，在这个“要不要读博士”的坎上，我决定先去实习看看用人单位到底需要什么样的我。

我在一家小公司找到了一份“环保工程师助理”的职位，一周去两天，主要是画构筑物的 CAD 图。直到有一天，一个招标单位对工程质量要求提高了，这使得公司不得不对它现有的技术进行升级改造。王总把目光投向了我，让我想想技术升级的办法。我以为我施展拳脚的时候到了。于是，我开始查阅文献资料并汇总，还把我的想法用 CAD 图勾勒了出来。然而，技术讨论会上，大家的疑问只有两个："成本多少"和"到底能不能行"。随后，我就想办法改进方案以降低成本，然而降低成本后的设计是否可行无人认证过。当我说"这个方案理论上可行"时，老板似乎不太满意这个答案。

是的，面对屡次关于成本和可行性的质疑，我变得不自信，开始质疑自己的能力，因此我决定读博士强化自己的专业能力，让自己在专业领域能更加自信。

要不要出国?

读博士之后，我能接触到的设备、技术开始变多，经常参加各种学术交流会议、展览会。同时，与政府、企业人员打交道的机会也变多，算是对自己圈子一些人物、技术、发展方向有了一定的了解，也开始自己写文章、发表文章。这时，公派出国的机会来了。

一般在博士期间公派出国很可能意味着面临延期毕业、出国期间做的课题方向与博士课题方向不太一致等问题。异国他乡的孤独感和不安全感更不用提了。这时，我积极地和导师、家人、男朋友反复沟通是否出国及出去多久的问题，最后达成一致意见：出国，出去一年。确定要出国了，我就开始准备语言考试并寻找外导。

不幸的是，导师推荐的外导因现有课题与我的研究不匹配而不能接收我；幸运的是，我通过文献阅读找到相关领域的外导并且她欢迎我过去学习。更幸运的是，我很顺利地获得了公派出国的资格。所以，2016 年 11 月，我去了美国佐治亚理工学院。

要不要继续科研?

出国以后，我才真正知道，什么叫“人外有人，天外有天”。佐治亚理工学院的科研平台真的很先进。所有的仪器设备都是可以申请使用的，使用前会有专业的技术指导，培训过关后就能申请预约使用时间。在那里开展科研工作很舒服，也很顺畅。我的外导不仅指导我的研究课题，还很关心我的生活及未来发展方向。要不要继续搞科研，是我俩常常会讨论的话题。我知道有些人科研兴趣浓厚，很坚定地要走科研道路。然而，也有些人，比如我，在深谙如何才能在科研道路上走下去之后，我有些退缩了。

我是个有自知之明的人，看到周围优秀的伙伴们的生存状态，我开始不自信了。他们之中有本科毕业直接出国读博士的，在面临巨大的课程压力下，起早贪黑地做科研以弥补之前欠缺的科研训练；也有硕士毕业出国读博士或者博士毕业从事博士后工作的，他们深知科研成果是决定未来出路的硬道理，又迫于当下科研人才层出不穷的现状，于是不给自己喘气的机会，没日没夜地做科研，因此他们出成果的速度很快。经过跟他们多次沟通交流之后，我决定放弃科研，因为我做不到绝对的“tough”。

至少先有得选

在决定不做科研了之后，我开始一边写文章，一边找工作。一个博士，不去科研单位，但也可以从事科研相关工作，比如科研项目管理或者企业的研发人员。朝着这个目标，我开始做《行政能力职业测验》题目、准备简历并浏览就业信息。8 月一过，我还身在美国就开始投简历了，虽然很多面试我可能没法参加，我还是坚持投着简历，做着网上的笔试题目，寻找着可以在线面试的机会。

11 月，我终于回国了。回国干的第一件事就是买正装，拍正装照。果然，11 月是面试的爆发期，回国一周时间，接到了各种各样的面试，我都来者不拒。不管什么样的工作，实际去过那个地方，接触过那里的人，自己才能做出判断；也只有不断地比较，才能选出相对称心的去处。

期间，有个环保行业排名前十的大公司，让我先实习“研发工程师”一职，我毫不犹豫地答应了。随后，我就住进了员工宿舍，开始了为期两个月的实习，这次实习的感觉和上次的感觉完全不同。你如果有想法，可以先进行小型的试验，再一步步放大，最后实现工程化应用。我不再是那个只画 CAD 图的助理，整个研发项目都需要我去把控。我第一次感到“博士是被尊重的”。另外，项目组内的老员工工作都很认真，也很配合，大家各抒己见，不断推动项目的进展。我很喜欢这样的氛围，但最终考虑到我的家庭，我没有选它，因为这个企业离家实在太远。

即使实习期间，我也没有停止找工作。我认为，至少要让我自己有的选择。最后，我被中国科学技术交流中心录取，让我自己都有些意外，因为我的准备相对不够充分。现在想想，我跟这个工作有这样的缘分，可能就是因为我读博与出国的经历。

任何经历都可能成为下一段经历的引子，所以在人生的一些选择题上，不要后悔选了什么，脚踏实地地往前走，这段经历总会带给你一些惊喜。

（方　慈）

不忘入农初心，继续躬身前行

张　曾

张曾，男，中共党员，江西宜春人，中国农业大学人发学院农村区域发展（国际方向）2018 届本科毕业生。在校期间担任发展管理系本科生党支部书记、发展 141 班学习委员。毕业后在中国农业大学继续深造。

决定在中国农业大学的发展研究专业继续深造，是我非常认真思考后的选择。

2017 年 5 月，大三几近尾声，大学的主要课程都已经结束，身边的同学都已在忙碌着读研或出国的准备。然而，那时的我却十分迷茫，不知应该做何选择。本来一直想在毕业后去基层、去西部工作，但又总觉得应该多读几年书，怕真正参加了工作时，出现“书到用时方恨少”的尴尬。我满心欢喜地期待着尽快走上工作岗位、走向社会，但又十分惧怕本领不够。在当时这一复杂的心境中，我对自身、对过去，进行了认真的审视。

大学选择“农业工程”，后又转入“农村区域发展（国际发展）”，在专业的培养和实践中不断“折腾”，让我真正认识到了适合自己的方向。记得刚入学时，和社团的一些好朋友一起，开始组织本科生“三农”问题研习小组，定期举行学习活动。小组每次专题学习时，尝试有深度地讨论“三农”方面的一个具体问题，这样下来迅速积累了专业知识。后来我还组织小组同学搜集一些文献编印了《吾乡·吾土·吾亲(第一辑)》等学习材料，对“三农”方面的学界论争进行了梳理。“三农”小组的每次学习研讨都很深入，用当时的话说，我们致力于“以青年的朝气、以发展的视角和纯净的眼光去探寻中国农村的真问题”。这个至今已经持续3年的“三农”小组，对我影响非常大，因为我把大学期间很多课余精力都花在上面，也由此，和一起探讨“三农”问题的同学们，大多成为非常要好的朋友。他们的鼓励和信任，是我坚持组织“三农”研讨、加强自身理论学习的重要动力。

大一那年暑假，我参加了一个关于乡村治理的调研，在那次调研中，常常将自己对于农村问题的思考与博士后师兄师姐们探讨，自己当时一些稚嫩的想法和观点，以及做调查时与村庄的融入，得到了他们的肯定。从那时起，我就认定今后无论是研究或是工作，都应当从农村开始。这个想法，至今一直留在我脑中。值得一提的是，那次调研后参与撰写了调研报告，该报告后来刊发在政策要参上，获得了汪洋副总理的批示。同年暑假，我又组织同学到家乡附近进行暑期社会实践，以此机会，我们对该县有机农业进行了系统的调研，之后花了一个多月整理调研材料和思考，独立撰写完成了一份1.8万字的调研报告。后来，在资环学院乔玉辉老师的指导下，不断修改完善，形成了两篇学术文章，其中一篇已经发表在核心期刊。这个研究过程，反反复复持续了近两年，让我真正体会到了学术研究的滋味。

2016年7月，我组织同学到家乡附近的一个贫困山村进行田野调查，以此撰写了一篇调查报告，题目是《发展中的贫困山村：状态、困境与行动》。在这篇报告里，我尝试着仿照费孝通先生（仿照着经典作品开展研究是很有意思的），通过解析一个村庄来反映整个社会现实、整个时代。这篇报告获得了清华大学中国农村研究院“农村调查研究奖”，并在颁奖会上汇报了我的调查。后来在张克云老师指导下修改，还获得了“挑战杯”社科类校级唯一的特等奖。这个经历我很看重，因为这是我的兴趣从公共管理转向社会学的一个重要节点。2017年，我关注到现代农业发展中小农户的利益保障问题，在学院饶静老师的指导下申报了国家级大学生创新训练项目，期间，与博士生合作撰写的两篇文章入选清华农村研究博士生论坛，其中一篇便是国创项目的阶段性成果。此外，在其他老师指导下也做过许多事情，比如马克思主义学院农村基层党建课题组的老师们，从他们身上学到了很多，这些都是重要的学术历练。

大学几年的学习，历经了一些学术训练，取得了一点成绩，过程虽然漫长，但都很有意思，就如“精神食粮”一般，让自己觉得读书做研究很有滋味。凭借这些经历，后来获得了学校“特殊学术专长”推免面试资格，这一资格，可以说是对我大学前三年学习生活的肯定。

但今天回头看，我却感到无比羞愧，因为大学做了很多农村调查，也写了很多研究报告，但对于像家乡那样无数的贫困山村到底应该如何发展，乡村如何才能振兴，我依旧一无所知。现在，我正在家乡进行农村发展的实践行动，选择一些村庄尝试建立服务乡村振兴的村级“青年工作室”，为本土青年人才提供投身乡村振兴的平台，同时为其提供能力提升方面的支持。这些行动的目的是要建立生产者与消费者、小农户与大市场、城市与乡村的有机衔接机制，倡导包容互信的城乡融合，厚植乡村振兴的文化底蕴，在乡村振兴的实践中锻炼自己。我相信，只有家乡培养的本土青年人才不脱离草根，乡村振兴的战略安排才能转化为乡村发展的内源动力。这个事情需要很多人一起投入很多时间精力，我自己会尽力去做，更希望能遇到志同道合的朋友一起去推动。

人文社会科学中有很多知识领域被批评为“贵族的学问”，但让一切知识和文化走下高台、融入真实的本土人民当中，则是我们的使命与追求。人文与发展学院是中国农业大学人文社会科学的中心，学院四年来对我的培养，让我充满了对学术的信心。我始终相信，在不久的将来，我们学院必将成为中国本土社会学科的重镇，其原因有三：一是新时代社会科学的时代使命，要求我们必须找回文化主体性并在知识的生产中彻底脱离“西方”的笼罩；二是以农业社会学为代表的中国本土社会学科开始构建，而不再是像过去那样反复在中西视野下或古今论争中进行命题转化；三是以农政变迁研究、国际发展研究等为代表的一系列当前社会发展重大问题的研究，人发学院无疑在进行着首创性的工作。当然，最重要的是，我们做好了建设中国本土社会学科重镇的准备，将始终坚守自身的学术传统，在国家的现代化转型中关怀政策话语背后的社会，抑或说是关怀人民本身的生活秩序及其意义秩序。记得曾经跟着熊春文老师做了两年关于外来务工群体特别是学校后勤职工的研究，那段经历对我有重要影响，让我明白了什么是学术研究的“人民立场”与“现实关怀”，时刻提醒我绝不要做“书斋里的学者”，而是始终充满着一种使命感。

回顾大学毕业时的选择和四年的学习生活，可以说，我没有抛弃当年入学时的理想，而是内心愈加坚定、更有前行的力量了。这个时代里，在国家的各项改革和发展事业中，“三农”问题始终是最为紧要的问题，劳动人民始终是最根本的群体。我希望在以后的研究和工作中，自己能始终扎根大地去观察和思考，不忘身上的那份责任。

（张　曾）

求职路上点滴记

王 跃

王跃，女，共青团员，河北唐山人，中国农业大学经济管理学院金融专业2018届硕士毕业生。毕业后拟任职于河北石家庄市桥西区财政局。

转眼间，教学楼后碧桃枝头上的喜鹊叫了三声，春天就过了；绵绵细雨如丝如毛下了两场，夏天就来了，我的硕士生涯也将伴随着鸟语花香告一段落。作为学生时代的最后一段路，过去的两年与之前的17年相比，竟是大不相同。这两年的日子基本是在忙碌中度过，终日奔波在有目标指引的路上，720天犹如白驹过隙，一转而逝。而今我终于小憩在这里，停下来用心品味两年中的收获与遗憾。

虽然我不学哲学，却一直有着一颗哲学的心。我经常不由自主地想，站在一段青春时光的节点往回看，最大的收获是什么，最好的结局是什么？是废寝忘食地充实自己，还是无拘无束地享受生活，抑或是收获单纯美好的爱情、天长地久的友谊？这个问题就像是一千个读者心中的哈姆雷特，每个人都有不同的答案。曾经，我不停地用这个问题折磨自己，又安慰自己。折磨自己，是因为大学毕业步入社会后发现自己不能拥有想要的职业，不能选择自己的生活。最痛苦的事情，不是失败，是我本可以。在无数次的懊悔无及之后，在岌岌可危的抑郁边缘，我努力释怀，给自己冠上“年轻所以不成熟”的借口，接受自己，正视自己。

我认真想了想，在自己家乡做一名软件工程师，依赖父母，衣食无忧，看似生活轻松，但并不快乐。当初迷迷茫茫地选择了工作，我却不喜欢从事学了四年的工科专业；懵懵懂懂地回到了家乡，我却不想在一个了如指掌的城市继续度过下半生。重新规划了人生之后，我彻底想清楚，我要重新开始。

20 岁的我没有预见到 30 岁的生活，在 25 岁时才从浑浑噩噩中醒来，在 26 岁辞职，重新回到校园，在 28 岁的时候才开始把握光阴。人生中最“生猛”的十年，我浪费了一半。但觉得为时已晚，恰恰是最早的时候。

辞职，考研，我选择了最喜欢的经济专业，从头开始。可能这就是冥冥中的缘分吧，我来到了中国农业大学。又一次做回无忧无虑的学生，真的幸福啊。这种幸福感不是几年前在大学傻乎乎吃喝玩乐的天真烂漫，不是和舍友半夜追剧看电影的热血沸腾，不是与心仪男生校园偶遇的面绯心动，而是对再一次拥有的庆幸与珍惜——拥有充实提升自己的机会，拥有重新选择工作的权利，拥有把握自己命运的契机。

开学之际，我给未来的两年定下了准则：可以有遗憾，但是不能后悔。有憾而不悔，说上去铿锵有力，可做起来谈何容易。我需要零基础学习全新的专业，修完比同学更多的课程，保证 3 个月的实习，考完工作所需的证书，全面武装自己，磨砺以须，自信地迈入社会的大门。忙碌的生活让我无视了身边的一些风景，也终究难免夹杂着些许遗憾离场。伴随着这些遗憾而来的是自己的成熟而非黯然，硕士生涯的结局是一份令人满意的工作。

择业是一件非同儿戏又劳心费力的事情，经历过大学就业季的洗礼之后，再一次就业，则少了一些茫无头绪，多了一分冷静坚持。择业是找一份工作，却又不仅仅是找一份工作，对我而言，这是人生的目标抉择，是终生的事业追求。要选择有意义、有时间的工作，而不是被迫谋生。当工作在人心中有意义，就有成就感。当工作给人时间，不剥夺人的生活，就有尊严。成就感和尊严，给人快乐。

后来我才明白，为什么之前自己两年的软件工程师生活过的痛苦不堪，因为当时的我没有生活的中心，没有奋斗的动力，没有投入的激情，每天没有被满腔热忱的梦想叫醒，没有在不留余力的疲惫中入睡。

我需要这样一种意义感，一个凌驾于物质生活之上的目标。就像是文学家呕心沥血著下传世名作惠及后人，艺术家刿目鉥心创作不朽经典供人瞻仰。当然，我的目标没有那么伟大，我是一个普通人，只希望我的目标能让自己平凡的一生过得有意义，哪怕这个意义是那么的微不足道；只希望在垂暮之年儿孙绕膝时，能够用自豪的口吻向他们讲述我的一生；只希望在弥留之际走马灯中回顾我的一生时，让我微笑着陷入沉睡。

青年人风华正茂，意气风发，承认自己是芸芸众生中的普通一员并不容易。需要警醒的是，平凡普通并不等于碌碌无为。一个国家一个民族的脊梁，永远不在少数成功者，而在千千万万的普通人。普通人未必平庸。有脊梁的普通人才最不平庸。那作为一个普通人，我们可以自问：我愿意选择什么样的人生道路？我愿意为了哪个行业哪个事业兢兢业业地奋斗一生？

此刻，遵从内心尤为重要。究竟想过什么样的生活，主动权突然就落在了自己手中。做了一辈子的学生，已经习惯了象牙塔中这份宁静、清澈，立刻要面临这样重大的抉择，自然会有些手足无措。这种时候，本着内心深处最强烈的渴望，一定不会出错。

在这个人生的重要转折点，所有人都在无私地向你传授“过来人”的经验。父母期望你过得稳定踏实，平平淡淡才是真；学姐师兄告诫你各行各业不为人知的辛酸苦楚，劝你远离围城；朋友们西服革履奔波在面试路上，为了offer绞尽脑汁，互相吐槽求职的不易；各种求职宝典、心灵鸡汤鼓吹时代精英的成功之路，暗示你加入创业大军就能走向“人生巅峰”。你谦虚地向周围求教，但每个人都有自己的一套理论，让涉世未深的你很容易丢掉辨别的能力，迷失在形形色色的他人世界里。诚然，经验中包含着宝贵的真理，但是人生的经验岂能照搬照抄。不顺从本心，复制别人的人生一定不会快乐。

工作与事业最重要的区别，就是热爱。技不如人，运气不如人，都不是最重要的，重要的是，你是不是真的从内心深处就愿意做这件事情。金融专业最对口的就是银行、券商或投行等行业，给人的印象十分高端洋气，工作环境优雅，薪资福利可观。我却志不在此。我的性格偏内向，相比于夙兴夜寐、焚膏继晷的消耗，我更笃爱足履实地稳定扎实的工作，所以我选择了考公务员。不想再回家乡重复熟悉的街道，亦不留恋北上广深的繁华，所以我选择回到家乡的省会，开始新的征程。

我的选择不是没有受到过质疑，“国企、公务员、事业单位”不是时代潮流，“互联网、科技、开放的世界”才是未来主场。在这个物欲横流的时代，选择公务员无疑等于选择了清贫。各种媒体上，年纪轻轻就财务自由，然后三十多岁退休，环游世界、挥金如土的故事屡见不鲜，备受推崇。但仔细想一想，物质的极大富有，这真的是唯一成功的人生吗？物欲如猛兽，肆意膨胀之后会吞噬人的精神空间，最后只剩下混沌空虚。当然，支撑起上层建筑的物质基础还是要努力解决，在那之后，依旧觉得这个世界还有很吸引我的有意思的东西，依然还在为自己想要的人生而奋斗，才是一种成功吧。

确定了我要达到的终点，接下来就是砥砺前行。研二开学，我便着手准备公务员的考试。秋季是毕业求职的高潮，再三思忖后，我没有四处参加招聘会，也没有网申投递简历，一心一意备战考试。有人劝我，还是要多投一投简历，广撒网，多敛鱼，择优而从之，万一有其他很合适的职位呢，一条路走到黑太冒险。我却觉得，人生中哪个选择不是一种冒险呢，四平八稳的人生多么无趣。我在众多的可能中，精挑细选，决定了我最喜欢的一条道路，自然要奋力一搏。二字头的年纪不怕多一些勇敢和冒险，而辉煌灿烂的人生，其实从你决定不达目标誓不罢休的那一刻，就已经开始了。

机会永远不给没准备的人，在宿舍的被窝里等，在游戏的厮杀里等，等待机会自己撞上门来，最后等来的只会是一块砖头，砸得人晕头转向。考试前的日子单调而充实，每天早起背着厚重的书去图书馆，白天是做不完的题、背不完的书，晚上是酣然好眠。周而复始，循环往复。做任何事情最重要的一点就是心态平和，我选择的这条路，最忌摇摆不定、半途而废。看到身边的同学陆续收到中意的录取通知，连考场都没上的我，自然不会一丝触动都没有。心海泛涟漪，须平风稳浪，将杂念抛诸脑后，遂即静如止水、心无旁骛地投入复习。幸运的是，我最终得到了最想要的结果，一切的努力与坚持没有付之东流。

人生是一辆不断前行的火车，在硕士这一站的结尾，很开心有机会把我的历程拿出来分享。择业，是人生中的一件大事，它能决定一个人一生的方向，但也不是一件那么重大的事，谁说人生只能有一个方向呢？工作无好坏优劣之分，生活有快乐苦恼之别，只要遵从本心，任何一份工作都是值得尊敬的。就像我，一个再普通不过的“90后”，没有成功人士的远见卓识，只能吃一堑长一智；不会健步如飞，让同龄人望“我”项背，只能积累跌倒的经验，施施而行。幸好，我有一颗披荆斩棘、一往无前的心。认清自己，做自己，任何时候都不晚，人生这列火车的时刻表，要放远了看。而此时此刻，就是之前和以后的分界线。

（王　跃）

坚持自我，心怀阳光

封 伟

封伟，男，中共党员，山东诸城人，中国农业大学信息与电气工程学院2018届硕士毕业生。在校期间担任硕士151班班长、学院研究生会副主席。毕业后拟任职于中国科协农村专业技术服务中心。

对于毕业生来说，毕业答辩通过，工作合同签好，眼前的未来尘埃落定的感觉就像口渴时吃上一块冰镇西瓜般畅快。我是一个没有什么“远大追求”但喜欢经营自己闲散生活的人，我一直认为得到自己想要的才是最有成就感的幸事。

在准备就业前，我也摸索出毕业季人才招聘的规律，首先开始招聘且会贯穿始终的是各种规模的公司，有创业等雄心抱负的人往往趋之若鹜；接下来的是公考、事业编等相对稳定的一类工作，亦需要百舸争流方可上岸。作为一个“懒人”，我向往有更多的时间能自我支配，去发展自己的爱好和三五好友小聚小酌，所以当稳定一些工作开招之时，我才开始求职之路，并最终侥幸如愿。

看到身边同学已经签好工作而自己还不知何去何从的时候，我也曾有过焦急和担忧，生怕自己无处落脚。但当我回想自己无知年少时未能完成想做的事情至今仍悔恨不已时，内心多了一分坚定。我对自己暗暗说道：做自己喜欢的事情才是自己的目标嘛。

上过职业生涯规划课，也和导师多次探讨过职业规划问题，多种外界声音听进心里，也让我总结归纳出："只在乎这份工作能不能应和我内心的声音，做自己最适合的工作才是最对的。"有些工作福利待遇很高，有些工作环境气氛特好，也有些工作晋升前途较快……但我选择了事业编这类的工作，这份呢工作对我来说就像是"量身定制"一般。

当然，我一开始也并不知道自己想做什么工作，为了寻找答案，我去过公司实习，也去过政府和事业单位实习。虽说实习跟正式工作有差距，但也帮助我对这些工作类型有所了解，尝试不同类型的实习是我职业规划的重要组成部分。因此，在没有明确意向的情况下我建议去不同类型的工作单位实习体验一下，通过自己的感受来找到更适合自己的工作。

确定自己喜欢哪种类型工作后，为了帮助自己顺利进入自己向往的单位工作，需要对自己做一些有针对性的能力提升。

虽然不同类型工作要求不一样，但准备的流程类似，往往都是先对工作的职位做好备课，了解该职位的任职需求和工作要求以及工作中的工作重点与容易出现的问题；紧接着就是有针对性地对自身能力进行提升，根据职位要求对自己的知识和能力进行查漏补缺，完善自己的认识和能力，创新自己的工作思维和工作流程；最后将自己的能力展示出来。语言表达能力弱的可以多参加几场类似的面试以战代练等，如果你能做到面试环节完美展现自己对工作的认识以及自身的特点和个人魅力，你会发现结果是不会令人失望的。

有的人很优秀，过五关斩六将 offer 一把抓，但这毕竟是少数。我在找工作之初便深知求职中失利很正常，山外有山，比自己优秀的人比比皆是，像我这样的普通人为了一份合适的工作，投简历还是应该多多益善，多报几个，有备无患。只要大方向没偏，适时的降低一些自己的工作期望，其余的可以调整。

在找工作过程中我也遇到过许多遗憾，例如错过一些招聘，漏掉一些信息，这些都反映出就业信息获取方面的问题。学校学院的就业岗位网页信息要及时地查看，同时也要对一些重要的就业网站和某类岗位专属网站进行重点浏览，及时发现招聘信息并根据时间制定面试时间表。一个人的时间毕竟有限，所以在找工作的时候一个班级、一个实验室、三五好友可以建立信息交流群，共享信息方得圆满。现在回想起来，尽管四处投简历会无比忙碌，但追求梦想的过程是美好的。

找到一份适合自己的工作令人高兴，但也不必因为工作不如意而跟自己过不去。找工作只是人生一小部分，一时的结局并不代表什么，要用积极阳光的心态去对待工作，去乐观地感受生活给予的一切。相信只要自己有意识有能力有干劲，任何工作都是能做得风生水起的。

工作地点的问题，其实也完全按照个人喜好。工作地点是给自己一次选择工作和生活环境的一个机会，所以请根据自己的生活习惯和喜好进行选择。北上广深的确机会多，但也有生活成本高的问题；苏杭青岛等地的建设同样很棒，也可以考虑。所以，如果你热爱大海，你可以选择海边城市；如果你喜欢活力，可以去深圳杭州等地；如果你想离家近，那就向故乡靠拢。有选择的机会是快乐的，选择工作地点的机会在自己手中，我们可以根据自己的喜好进行选择。

诚然，能够做自己喜欢的工作肯定是幸福的，我们也会努力向自己喜欢的方向靠拢。但现实终归是现实，无论结果怎么样，都要有一颗阳光的心。

（封　伟）